The
Charms
of
Yangshuo

阳朔之魅

李元君 著

 漓江出版社

The Charms of Yangshuo

阳 朔 之 魅

美丽的山水往往

是一个有历史，有

上人们忽略了她

文化沉淀的地方

目录

Contents

The
Charms
of
Yangshuo

前言

　　阳朔山清、水秀、洞奇、石美，是众口一词的人间仙境。美丽的山水往往让人们忽略了她是一个有历史，有文化沉淀的地方。阳朔历史的长河中人才荟萃，本土人、外乡人共聚于此，烘托了山水间长长的历史文化飘带，造就了阳朔的人文基因。

　　晚唐著名诗人曹邺就是这个美丽山乡人民的骄子。

　　我们自幼读唐诗，读李白，读杜甫，读白居易，唐代诗人濡养着我们幼小的身心直到成人。我们能够朗朗上口、牢记于心的唐诗也不胜其数。而其中我们很熟悉的那首《官仓鼠》——"官仓老鼠大如斗，见人开仓亦不走。健儿无粮百姓饥，谁遣朝朝入君口？"正是曹邺所作，恐怕很多人并不知道，曹邺正是阳朔人。

　　曹邺还是桂林最早的进士，他才华横溢、正直干练，他的诗针砭时弊，大胆反映民情、民声。曹邺进京赶考，虽然

10年面壁才得以为官，但此后仕途顺利，为官20余年，从任推官开始，进而是七品上的太常博士、六品上的主客员外郎、五品上的祠部郎中、四品上的洋州刺史，以吏部郎中辞官南归阳朔，可谓功成名就。他关切百姓生活，为百姓的苦难呐喊。他越来越思念自己的故乡，怀念寄情山水的少年时代。终于，他辞去了官职，告老还乡，回到他可以继续纵情山水的土地。他依然为上苍厚爱的这片土地写诗，这时候他的诗不再仅仅是对山水的赞美，而是借景抒发明君良臣不能常得，一片丹心系念国事的感慨。

《东洲》：江城隔水是东洲，浑似金鳌水上浮。万顷颓波分泻去，一洲千古砥中流。

《西郎山》：西郎何事面西方，欲会东郎隔大江。自古朋良时一遇，东郎未会恨斜阳。

《东郎山》：东郎屹立向东方，翘首朝朝候太阳。一片丹心存万古，谁云坐处是遐荒？

只有在山水之间，他那忧国忧民的心绪才能得到些许慰藉。

阳朔这个奇妙的山乡，上苍眷顾，给了她地球上最美的风景，在人世间她更是受到青睐，从古至今莫不如是。在历史的过往中，无数文人墨客为这片山水倾倒，吟诵出了多少描绘阳朔的，脍炙人口的千古名诗雅句！

唐代大诗人韩愈没有到过桂林阳朔，仅凭传说，就在友人严谟赴桂为官临别时咏诗一首——《送桂州严大夫同用南字》，把桂林山水描绘得出神入化，千年流传："苍苍森八桂，兹地在湘南。江作青罗带，山如碧玉簪。户多输翠羽，家自种黄甘。远胜登仙去，飞鸾不假骖。"这首诗还告诉了后人，当时阳朔产黄甘（即橙子和橘子），有朝贡品翠羽，从翠鸟小小的身躯上残忍拔下的宝蓝色羽毛，是宫廷嫔妃的最爱。

晚唐诗人沈彬曾任阳朔县令，他的一首《阳朔碧莲峰》也为人传诵至今："陶潜彭泽五株柳，潘岳河阳一县花。两处怎如阳朔好，碧莲峰里住人家。"——虽然彭泽县令陶潜、河阳县令潘岳两位先贤居留之地"五株柳""一县花"无比美妙，却怎如我沈彬为县令的阳朔呢？虽然名气远逊于陶潜和潘岳，但诗的后两句沈彬仍戏谑陶、潘二人还不如碧莲峰里的普通百姓，可见沈彬的阳朔之情。这首艺术魅力无穷的七绝，后被镌刻在碧莲峰的石壁上。

南宋宰相、抗金英雄李纲（编者注：一说为明代官员鲁铎）曾路过阳朔，也赋诗一首："辍饭支颐看翠微，人间应见此山稀。无从学得王维手，画取千峰万壑归。"他叹惜自己没有王维那样的诗画才情，用以描绘阳朔山水之秀美。

南宋周去非在其著作《岭外代答》一书中这样描述阳朔的山川："……青山绿水，团栾映带，烟霏不敛，空翠扑人，面面相属，人住其间，真住莲花心也。"

明代在闽为官者阳朔人廖学古描述家乡美景道："碧光万道绕城通，拥出碧莲接太空。一色翠屏开保障，人家都在画图中。"看这美之气势，让谁都艳羡阳朔人啊。

清道光年间阳朔县令仇兰赞美阳朔的两句诗也非常美："四围烟雨苍茫，万朵莲花屏障。"

还有一些其他作者的美句，如咸丰年间广西巡抚张联桂《望桂林、阳朔沿江诸山放歌》："桂林山势天下雄，阳朔一境多奇峰。"民国时期著名政治家、画家陈树人《阳朔江边》："万峰如剑插江深，阳朔偏能甲桂林。"等等。

近现代史上的著名人物康有为在光绪二十年（1894）来到阳朔，被这里的奇山秀水深深吸引，赋诗多首。《漓江杂咏》

展开了一幅阳朔天然的画卷："锦石奇峰次第开，清江碧溜万千回。问余半月行何事，日读天然画本来。"另一首长诗《泛漓江到桂林》写道："行行到阳朔，石峰何突兀。苍苍碧玉笋，拔地千万苗……弥弥桂水清，幽幽桂树直。吾行半天下，佳境此为极。"对阳朔风景推崇备至。

传说唐代鉴真大师五次东渡日本失败。公元 753 年，他决心再试一次，取道阳朔，由南山古道举步，在瀑水渡登舟，顺漓江经书童山、福利、普益下梧州、广州，出南海，历尽千辛万苦，终于东渡成功。有人说，阳朔地灵人杰，鉴真大师因得阳朔山水之灵气而如愿以偿。

历代画家们没有辜负阳朔美景。与蔡襄、苏轼、黄庭坚合称宋四家的米芾，是最早为阳朔作画的书画大家。他出任临桂县尉时绘就了一幅画作《阳朔山图》，并且在画中题记感叹："见阳朔山，始知有笔力不能道者。"可惜此画明末就失传了。而从后世画家摹写米芾山水画作的风格来看，米芾独树一帜的"米点山水"技法，使中国传统山水画有了发展。这与米芾面对桂林山水的感悟不无关系。所以有人说，桂林山水早在 900 多年前就启发了中国山水画技法的创新，影响了中国山水画最早的"印象派"。

齐白石大师 1905 年就到了阳朔，迷上阳朔风景。他三次到阳朔，在阳朔生活，作画，卖画。他对阳朔一带的山形变化很为惊奇，有的山高耸入云，特行独立；有的山体相连，上面奇峰骈立；有的清秀挺拔，从平地忽然钻出。他说，若不是亲身经历，这景是很难想象的。在一幅《阳羡山水》画中，他题词道："曾经阳羡好山无，峦倒峰斜势欲扶。一笑前朝诸巨手，平铺细抹死功夫。"（编者注：该画与诗均作"阳羡"，但描绘的都是阳朔。）桂林山水难画，可也是形成白石先生山水画作个性的主要依据。

抗战期间，李宗仁慕徐悲鸿之名，在阳朔购得一幢房屋赠送徐先生，徐悲鸿长住于此，完成了多幅传世佳作。

黄宾虹晚年创作的一幅作品《阳朔山水》，描绘了漓江边上阳朔的自然风光。他笔下的阳朔风光带有一种浑然天成的美感，在"似与不似之间"。

张大千、吴冠中、李可染、白雪石以及日本名画家东山魁夷都先后到过阳朔写生，创作出许多精品画作。

当代阳朔魅力不减，观赏阳朔的喀斯特美景，有多少我们国家的领导人为之赞叹，有多少外国国家元首、国际友人为之流连，在此留下了永恒的足迹。

我国国家领导人周恩来、邓小平、朱德、陈毅、叶剑英、万里都到过阳朔，他们也留下了不少赞美桂林、赞美阳朔的诗句，其中以陈毅元帅的"愿作桂林人，不愿作神仙"传播最广。

外国的国家元首，如越南胡志明，柬埔寨国王西哈努克，丹麦女王，美国总统尼克松、卡特、老布什小布什父子、克林顿，加拿大总理老特鲁多、小特鲁多父子，比利时首相等来到阳朔，都对阳朔风景赞叹不已。

1979 年，丹麦女王玛格丽特二世在阳朔游漓江，被阳朔风光迷住了："啊，太漂亮了！我要把阳朔画下来。"游船停泊在江边，这位女王专心为美丽的山水作画，数小时后才满意离去。

尼克松是第一位来到阳朔的美国总统。1976 年 2 月，尼克松访问中国时来到阳朔观光。看到奇特的月亮山他十分惊讶，问道："这山头的月亮是你们用导弹打穿的吧？"中方陪同告诉尼克松："那是巧夺天工的大自然杰作。"尼克松一定要亲自登山看个究竟。好奇的总统上山观察之后，不禁大加赞叹："我和我的夫人访问过世界上 80 多个国家 100 多个城市，我毫无保留地说，没有一个比得上桂林阳朔美丽。"此后，人们便把尼克松登山"揽月"的这条崎岖山路称为尼克松小道。

另一位美国总统卡特坚持要骑自行车从阳朔饭店去大榕树，一路游览，观山看水，对众人说："我在孩提时代就听说过桂林这个地方。我看见过桂林山水画，可认为这不过是艺术家们的丰富想象而已。今天来到桂林，才知道以前听到和看到的都是真的。"

近几十年来，人们更是从世界各地来到这里，欣赏阳朔的风景，参与它的建设。如今的阳朔不单单是一个旅游胜地，也是一个适于生活的幸福小城，一个乡村振兴的典范。

书写阳朔，我的关注点更多在当今，为那些保护阳朔的天然资源，为建设阳朔的美好今日付出心血和劳动的人们，也为喜欢阳朔，要到阳朔观光旅行的人们。

"无从学得王维手，画取千峰万壑归。"虽然才疏学浅，但我也愿意为阳朔表达一份乡情。

The Charms

阳 朔 之 韵

of

Yangshuo

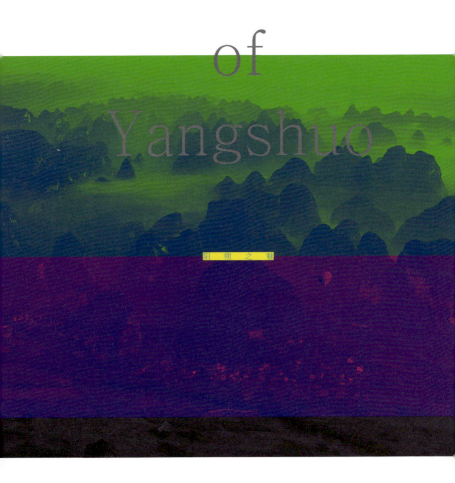

The Charms of Yangshuo

阳 朔 之 魅

第一章 最美喀斯特地貌

最美阳朔峰林

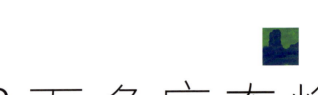

2万多座奇峰在

条大大小小的河

中，与壮美的君

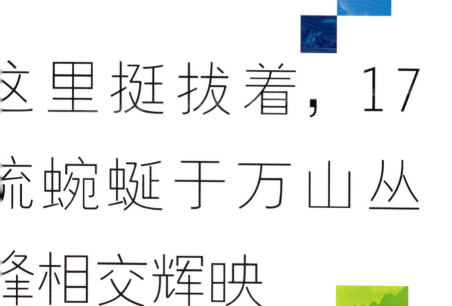

这里挺拔着，17

流蜿蜒于万山丛

峰相交辉映

峰林与峰丛

《中国国家地理》杂志早年曾经开展了一项"选美中国"的评选活动，桂林的阳朔峰林被评为"中国最美的五大峰林"第一名。这五大峰林的排列顺序是这样的：

1. 桂林阳朔（广西）

2. 武陵源（湖南）

3. 兴义万峰林（贵州）

4. 三清山（江西）

5. 罗平峰林（云南）

我不知道，是不是由此"峰林"这个地质学上的科学名词才进入了大众的眼中。而什么是"峰林"，我这个出生于最美喀斯特（Karst）地貌之中的桂林人也是若干年前，在编辑了《世界天坑之都》一书之后才得知的。自然科普知识的欠缺真是让人太惭愧了，以至于不得不花时间用心来补这一课。

峰林是喀斯特地貌的地质学名称。广西地貌的特点是喀

峰林清晨的雾霭

斯特地貌分布面广，而桂林阳朔则是喀斯特地貌典型的代表。

　　喀斯特，那是亚得里亚海边一处高原的地名，位于斯洛文尼亚与意大利的交界处，词义为"石头"。19世纪末塞尔维亚地理学家斯维伊奇（Jovan Cvijic）对这里的地貌和水文进行了研究，他在发表的研究成果中，以"Karst"一词称呼这里的地貌及这种地貌形成的过程。从此"Karst"就成了这种地貌类型的名称。

　　地质科学家告诉我们，喀斯特地貌即岩溶地貌，是水对可溶性岩石进行以化学溶蚀为主所产生现象的总称。凡是地下水和地表水对可溶性岩石所产生的作用，叫岩溶作用或喀斯特作用。岩溶作用是塑造地球地表形态的主要动力之一，由此形成了绚丽多姿的地质地貌景观。然而，不是什么岩石都能发育成岩溶，花岗岩、玄武岩、石英岩、页岩等属于非可溶性岩石，发育不成岩溶。只有石灰岩、白云岩、石膏、盐岩等才是可溶性岩石。可溶性岩石的空隙和裂隙的发育程度影响到岩石的透水性。水的溶蚀力大小主要取决于水中二氧化碳、有机酸和无机酸的含量以及水流动性的强弱。石灰岩的主要成分是碳酸钙，看似坚硬，却很容易被含有二氧化

峰林清晨的雾霭

碳的水溶解，变成可溶性的碳酸氢钙随水流走。

　　岩溶或喀斯特研究与人类文明发展息息相关，涉及全球气候变化、生态环境、资源利用、工程建设、地质灾害及旅游开发等多个方面，具有重要的科学价值。

形状各异的山峰

　　中国地质科学家、中国地质科学院岩溶地质研究所朱学
稳教授研究了喀斯特地貌几十年，他认为，从水对可溶性岩石
进行的以化学溶蚀为主的侵蚀和再沉积造成的地上地下的各
种形态来看，桂林山水更形象、更准确地呈现了这一地貌特征，
更容易被人接受。那是亚得里亚海沿岸高原的 Karst 所不能

比拟的，若是名称可以改变，那么这种地貌称为"桂林地貌"更科学。

其实，在斯维伊奇之前200多年，中国明代探险家徐霞客就已经跋涉在中国南方的喀斯特地貌中，并且研究这种地貌的奇特之处。他是世界上最早研究岩溶的先驱者。《徐霞客游记》是17世纪一部伟大的科学著作。说是游记，其实作者对山水已经不是游览赏玩，而是开始了具有现代意义的科学探险和考察。桂林山水吸引了他，让他在此驻留了一个多月之久。他不仅探索了100多个洞穴，还辨析了"石山"和"土山"，分清了"峰林"和"峰丛"，命名了一系列喀斯特地貌类型。朱学稳教授说："徐霞客西南之行的最大科学成就，是创立了石山学和洞穴学，尤其是对全球喀斯特类型中最为显赫的峰林与峰丛喀斯特进行了开创性的研究。""徐霞客是峰林峰丛学说第一人。"我们其实应该从更深的层面去认识徐霞客，不能只把他看成旅行家。

下面让我们来了解一下峰丛和峰林到底是什么——徐霞客之后，地质学家们一直在不断地探索研究，为我们给出了答案。原来，峰林和峰丛是石灰岩遭受强烈溶蚀而形成的山

峰林、峰林平原与流淌的漓江，人们就在这美丽的画卷中幸福地生活

峰集合体。峰丛是有共同基座的一些石峰构成的地貌，峰的顶部为圆锥状或尖锥状，这些石峰之间常有封闭洼地，它们有一个组合地形的名称叫峰丛洼地。峰丛进一步向深处溶蚀，石峰的底部基座溶蚀之后不再相连，这些高耸林立的碳酸盐岩石成为密集的没有基座的山峰群，称为峰林。峰林各峰体之间常有平原，它们的组合地形称为峰林平原。还有一种名为孤峰，则是岩溶区孤立分散的石灰岩山峰，是峰林进一步发展的结果，多分布在岩溶盆地中，如桂林市区里那些非常奇特著名的山：独秀峰、象鼻山、老人山、骆驼山等。

桂林山水的组成，不仅有蜿蜒曲折的百里漓江，更有千姿百态的峰丛、峰林与突兀挺立的孤峰。清澈碧绿的江水与变化无穷的石峰交相辉映，形成一幅世界上独一无二的瑰丽山水画。

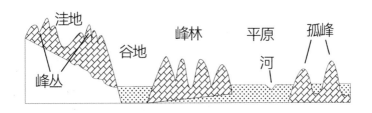

流经阳朔县境的漓江有 63 公里长，这是漓江风光最美的河段。林立的奇特石峰、如凤尾般婀娜的翠竹倒映在静静的江面。乘船由桂林至阳朔顺流而下，船行在漓江上，你看到的是清清的江水和沿江两岸高耸的峰峦，山水相依相偎。近代诗人吴迈作诗一首"桂林山水甲天下，阳朔堪称甲桂林。群峰倒影山浮水，无山无水不入神"，后两句被认为是描述阳朔山水最好的诗句。"江到兴安水最清，青山簇簇水中生。分明看见青山顶，船在青山顶上行"，那是清代袁枚描写漓江在兴安一段的景色，我不知袁枚是否到过阳朔，其实，漓江在阳朔的一段，这样的景致更多更美。两岸布满峰林峰<u>丛</u>，石峰映衬碧水，那便是漓江独具一格的特色。

桂林阳朔岩溶峰林地貌发育的母岩形成于距今 4 亿年前的古生代泥盆纪。那个时候桂林阳朔是一片汪洋，之后经历了中生代晚期及新生代的燕山、喜马拉雅运动，地壳褶皱抬升，海水退去，形成陆地，可溶性岩石几经风雨、流水的侵蚀、切割和溶蚀，逐渐发展成为独特的喀斯特峰林峰<u>丛</u>地貌。

游客到阳朔，只为欣赏山水美景，看田园风光，不免会留下一些<u>遗憾</u>：你或许不知道那里是世界喀斯特地貌最美、

人间仙境

人与自然和谐存在

最具有代表性的地方，你也许不知道300多年前徐霞客滞留此地做过的研究和他对阳朔岩溶地貌的赞美。

我为此想做一次浅层的研学旅行，于是与桂林摄影家协会主席滕彬相约，专程走几天去仔细察看中国最美的峰林和峰丛。滕彬带上了无人机，我们便绕着阳朔转，从地面、从空中拍下那些令人震撼的峰林、峰丛、峰林平原、峰丛洼地，以及穿行其中的漓江和它的支流。这是我第一次从喀斯特地貌去认识阳朔。

阳朔的峰林峰丛地域宽广，气势雄伟。你想象不到，2万多座俊秀的奇峰在这里挺拔着，向空中伸展。这样一大片奇山被徐霞客誉为"碧莲玉笋世界"。除了漓江，阳朔境内竟然还有16条蜿蜒于万山丛中大大小小的河流，与壮美的奇山交相辉映。

无人机徐徐升起，发出呜呜的声响，从它的镜头上看到的画面越来越激动人心。当无人机升腾到500米的高度，镜头中一座座圆锥形、尖锥形的石山，变成了一片、一大片的碧莲玉笋，千姿百态，或绿色，或黛色。真不知道，当年徐霞客没有现代的各种设备，他要爬上哪一座高山，才能观看到这一大片峰丛峰林，才能形容得出这里有如"碧莲玉笋世界"！接下来是蜿蜒曲折流淌的江河映入眼帘，唐朝诗人韩愈用女性的服饰、首饰比喻这里山水的秀丽——"江作青罗带，山如碧玉簪"，现在看到的正是这样的写照，让人感觉妙极了。

　　江河两岸是稻田、房屋、平坦而伸向远方的公路，那是一幅人与自然和谐的画卷。

如骆驼过江的画卷

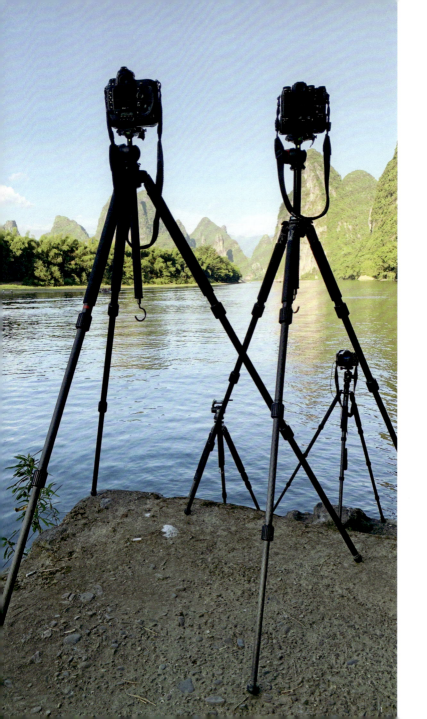

漓江第一景——黄布倒影

　　收回无人机，下一站我们决定往兴坪方向行驶。滕彬开着他的座驾，沿着曲曲弯弯的小路爬坡、下坡，还没有下到山脚，在右边看得见一片峰林平原的地带停下。这里地势稍高，可以看得到远处的群峰，山边的一片房屋，那便是有名的葡萄镇；近处一片渐成金黄色的稻田，平原上有一处泉水，名曰"乌龙泉"。这片田园山水的美很是让人流连。

　　车行 40 分钟来到杨家村，我们走进一家摄影民宿，滕彬高声叫着老板的名字，女主人回答道："他去黄布滩了。"滕彬说："赶紧打电话叫他回来吧。"女主人应诺拿着手机走出去。我打量这个再简陋不过的，除了主人泡茶的桌椅，只有墙上挂着的张张照片表明，这是一个摄影师落脚的地方。墙上还有一份署名杨志军的报道文章《摄影带他走上致富路》，我仔细读来，方知这家旅馆主人的身世和经历，这才知道滕彬为什么带我到这里来。主人回到家了。他大名杨小林，一

副透着健康的褐色憨厚面庞，身材敦实，完全是船老大的模样，你怎么也无法把他与摄影联系起来。而这个杨小林，不仅是摄影师们最喜欢的向导，自己也成了一个摄影师。他开设这间简陋的旅馆，也是为了方便摄影师们在任何时间、任何天气及时出行拍照。

杨小林出身贫苦人家，只读到小学四年级便辍学。小小年纪的他去市场做过买卖，在漓江用网箱养过鱼，直到接触一个又一个来兴坪

摄影师的坚持

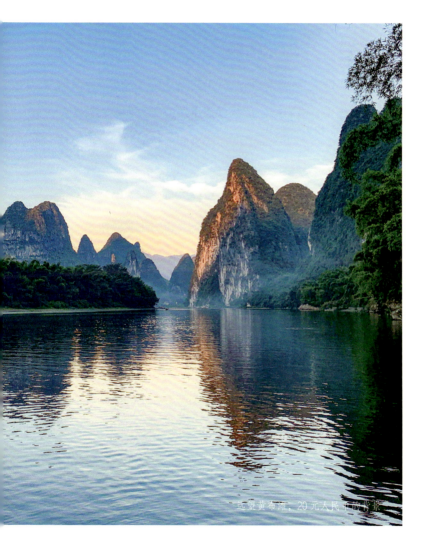

远望黄布滩，20元人民币的背景

拍风景照片的摄影师。他稔熟家乡的地形，年轻有力气，愿意陪伴摄影师，替他们背那些沉重的摄影器材，人十分热情又不计较得失，摄影师们都愿意请他做向导，去寻找最佳风景拍摄地。一次又一次，看到那些摄影师拍的照片，杨小林醒悟了，原来自己从小看惯了的乡土是这么美，这么受外乡人的喜爱。自己为什么不能像他们那样，也把家乡的美景拍下来呢？他对摄影着了迷，决心开始一段新的生涯。常年的摄影向导工作让他结识了摄影界许多朋友，其中不仅有广西的，还有北京、上海、广东、江苏、河南等地的。他们常常与他联系，打听当地的天气，询问合适的拍摄时间，来到这里就住在他那简陋却方便的旅馆。因为杨小林的朴实热情名声在外，摄影师们都喜欢与他打交道，到这里拍片自然都是他带路，杨小林也就有了许多愿意教他摄影技术的老师。他学习十分认真，每拍一张照片，便将光圈、快门的参数记在小本子上，冲洗出照片相互对照，仔细思考其中的变化和光线的运用，一来二去，摄影水平就这样逐步提高了。除了做向导、开设简易的旅馆，杨小林还想到了要为这些摄影师提供方便的餐饮，于是把漓江鱼和农家菜摆上餐桌，极受大家欢迎。这个小小的旅馆，便成了摄影师们食宿、相互交流拍摄心得体会、讨论拍摄场所的聚会之地。杨小林不仅从中学习了摄影知识和技巧，也得到了资金的回报。他在村子里建了一幢四层楼房，在兴坪镇也有了自己的房子。说起现在的幸福生活，杨小林感慨地说："如果没有摄影，真不知道现在的我是什么样子。"

杨家村就在漓江边上，原来叫黄布村。漓江这段河岸叫黄布滩，有一处景观称为"黄布倒影"，人们说，这是漓江第一景——摄影师们最钟情的山水交融美景。此时，杨小林做起了我们的向导，带着我们来到黄布滩。因为疫情没有游客，江边一排竹筏安静地停泊着。眼看向导跳上一张竹筏，驶向江的对岸，不管不顾地把我们留在这边，没等我发问，滕彬就对我说："他那张竹排不是营业性的，我们不能坐。"我看看周围并没有监督者，感慨这样守规矩的人真好，是规范旅游环境的表率。

不一会，船夫就来了，把我们送到对岸山边的一个狭小的地方，那里已经有一位摄影师在耐心地守候。这里便是拍漓江第一景的最佳地点，而拍好的照片是要等待的：等好天气，等合适拍摄的时间，等云等光，等船等人，几个小时就这样很快过去了。摄影师要拍出好片子也是不容易的啊。现在这个小小的平台，已经是各处前来的摄影师必到的拍摄地。

我与几位摄影师一起等待合适的拍摄时间。这天天气很好，柔和的光线投在山水之间，画面更显大自然的多情。疫情期间，没有游轮，只是偶尔有船划过。在离我们不远的江边，一位老渔夫划着竹筏，两只鸬鹚站立在筏上，这片景色顿时灵动起来。

漓江山色之美，美在倒影中。漓江倒影之美，就数黄布滩倒影最为醉人，这里江面开阔，水流清澈，碧绿透底，第五套人民币 20 元背景图案正是取自黄布倒影，让无数人无数次在 20 元人民币上见识了它。

这里是漓江的拐弯处，贴着江面一座尖锥状的高山，以它巨大黄色的绝壁倒挂在微波泛起的江面，好似水中挂着一大块黄色的桌布，另有些山映衬在旁边，山形高低不同，错落有致。这就是"黄布倒影"名称的由来。还有一种说法是，靠近黄布滩的江水中，有一巨大的石块，长 15 米、宽 9 米，色泽为黄色，

黄昏时分的渔夫和鸬鹚

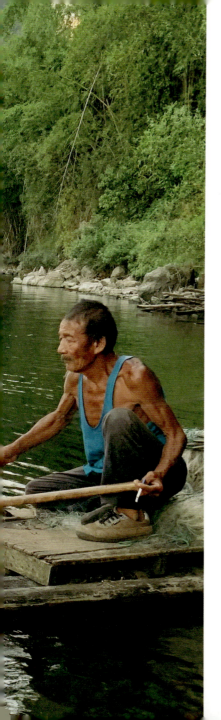

好像一块大桌布，所以这里有
"黄布村""黄布滩""黄布
倒影"等名称。听这么一说，
我就很想找只船，让向导带我
们去找找这块水中巨石，这
样才会明白这些名称来源的究
竟。不过那也是下一次的事了。

鸬鹚饿了

相公山上看漓江第一湾

接下来我们去往相公山。

相公山距阳朔约 28 公里，在兴坪镇境内。山并不是很高，但是很陡峭，据说快行者 20 分钟左右便可登上山顶。因为位置较为偏僻，四周原生态的风景很是令人向往。兴坪镇是漓江流经地最美的景区，蜿蜒流淌的漓江在这里拐了一个大弯，仿佛长长的臂膀环绕着一个美丽的小岛，人们称其为"漓江第一湾"。要想看最精彩的漓江第一湾，必须登上这座山形很像古代官帽的相公山。在山顶极目远眺，远处层峦叠嶂，中间绿洲点缀，田野、农舍延伸至远方。在有序排列的群峰之间，时而云雾缭绕，时而霞光满天。最壮观的是雨后初晴，天空风起云涌，山间云雾奔腾，透过云雾可见身姿婀娜的漓江。漓江由远及近，在相公山前扭身回眸，蜿蜒曲折地向前流去。这里的云海、日出、光影、彩霞吸引着无数摄影者。看看人们拍出的照片，就可以知道拍摄位置的绝妙。无数的摄影家和摄影爱好者慕名而来，为的就是拍出一张好的摄影作品。

漓江第一湾

当山、水、光影和船恰到好处，奇异的事就发生了：波光粼粼的江面上，一
只火凤凰展现在眼前，在水中拖着长长的金色羽毛，变幻着不同的身姿，惊
艳了人们的视觉

　　我很好奇，这个摄影天堂是谁发现的呢？滕彬告诉我，相公山摄影胜地的发现要归功于已经去世的桂林老摄影家陈亚江。几十年前，走遍阳朔的陈亚江从村民口中得知，从相公山山顶可以看到兴坪最美的风景，于是决定前往。那时候，除了村民上山砍柴寻草药，还没有人来过这里，由村民行走出来的路崎岖难行。陈亚江找景心切，一定要爬上相公山山顶。他雇请农民为他带路、挑摄影器材，艰难地爬到顶部。上苍果然不负有心人，在山顶上一览，群山果真如碧莲玉笋高高低低，被清清的漓江水环绕。于是这个摄影胜地便迅速传播开来，成为摄影家到阳朔必来之地。

　　因为陈亚江，才发现了漓江第一湾，应该感谢陈亚江先生为阳朔做出的贡献！我想，他会在天堂欣慰地看着这里，祝愿摄影师们拍出漓江第一湾的美丽。

　　我们来到相公山，天色渐晚，滕彬独自一人上山去了，我上山不便，留在旅店休息。滕彬拍完照片回来，他拍下的景，我大呼："太美了，难怪这里被称为漓江第一湾！"此行不负我，看到了漓江第一景，又到了漓江第一湾。下次来，一定要登上相公山山顶看漓江第一湾的美景。在相公山寂静的夜晚，清新的空气，舒适的旅店环境，我好好地睡了一觉。

The

Charms

of

Yangshuo

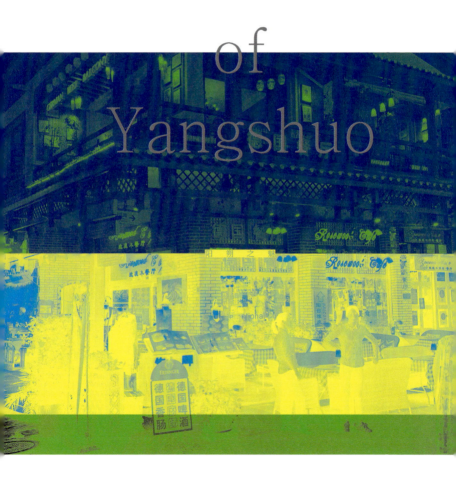

第二章　西街往昔的故事

阳朔西街就这样

承着她的仙气，

江的世间男女，

人种，在这里结

衣偎着漓江，秉

召来无数仰慕漓

无论国籍，不管

下良缘

漓江烟雨

［日］东山魁夷作品 《水光》(上)、《漓江月明》(下)

现今喧嚣、商业化的西街常常受本地人和一些老游客诟病，他们怀念昔日西街的纯朴与宁静。是啊，恬静平和的西街依山傍水，曾使多少人流连驻足。然而事物与社会总是在变化，没有疫情的日子，满街游客摩肩接踵，很多年轻人还是喜欢西街的热闹，喝啤酒、品咖啡、弹琴、蹦迪、K 歌，那是他们的本性。近三年的疫情期间，西街的冷清却是令人无法想象的。然而，即使空无游人，西街也再回不到从前的宁静。现在这种宁静，让人忧郁，这就是时代的印迹。

承载着 300 多年历史的阳朔西街，具有典型桂北传统色彩，原是一条充满着乡土气息又散发着浓郁历史文化韵味的古老街道。只看那近 800 米长的古老青石地板，就知道这条小街一定有悠远的过往。那不规则的地板泛着柔润的光泽，犹如玉石在人手中长时间摩挲形成的美丽包浆，踩踏在上面也忍不住躬身细看那些美丽的石纹。上世纪 80 年代，来西街的游客多了，为了拓展街道，那些青石地板换成了现在的花岗岩，又是另一番风味。

近代西街曾有过两段商业与文化繁荣的时期。一是上世纪 30 年代抗日战争期间。国难之时国民政府有部分机构南迁

西街最早的餐厅

西街的外籍游客

到阳朔，如南京中央研究院的历史、生物研究所等就曾在西街驻扎，并在那里继续从事研究工作。国民政府军官外语补习班也南迁到了阳朔，这是为培训驻外武官、军事代表及翻译人员而开设。数十名学员皆为各军、师保送的中央军校毕业生，涵盖英、法、德、日、俄五个语种，授课教师多为外籍人员。到外语补习班授课和演讲的，还有我国著名的科学家李四光、竺可桢等。另外，随同迁至阳朔的机构还有收容了德、意、日等国侨民的"敌国人民收容所"。霎时西街住满了德国人、

日本人、意大利人，驻扎在桂林的英美盟军人员也常到阳朔来，西街遂成了多国人员的集散地。

　　这个时期，国内的各界名流如何香凝、柳亚子、郭沫若、茅盾、张大千、徐悲鸿等都曾在阳朔驻足流连，他们颂扬阳朔的诗文绘画流传至今。

　　这一切，都为阳朔这个小县城带来了人气，带来了繁荣，带来了新的中西方文化气息，也使阳朔有了不封闭的基础。

　　第二段的繁荣时期则是从上世纪 80 年代开始。随着中国改革开放政策的发布，阳朔成了境内外游客向往的旅游胜地，

西街的现代气息

西方人更是蜂拥而至。除了短暂的旅行，他们还有人在阳朔
长住了。西街最早的酒吧、西餐厅，大多是老外开办的。他
们经营民宿、酒店，参与外语教学活动。阳朔有中国最大的
外语角，全国各地的青年人到这里学英语，教英语的老外在
这里学中文。西街朴素的民风里融入了令人惊讶的国际元素，
各种店铺装修风格大多中西合璧，店面悬挂着外语招牌。古
老的中国画与最前卫的休闲风尚在这里交汇。店铺里你能听
到人们用英语、法语、日语、意大利语乃至西班牙语的对话。
西街的工艺品书画店、饭店、酒吧的服务员，普通居民，乃

静静的遇龙河

至街上卖水果的老太太，都能与老外用外语讨价还价。在最繁华的年代，西街孕育了许多跨国婚姻，成为名副其实的地球村，这里中西文化有交融，有碰撞，最终完美结合。

上世纪80年代我第一次来到阳朔西街，安静的街道游人寥寥，几间小小的餐馆里摆着木质桌椅，偶见一两个西方人坐在那里，桌面摆着一盘炒鸡蛋、一瓶啤酒，慢慢地吃喝，悠悠闲闲地聊天。在美如仙境的山水间游荡累了，安坐这里，世间仿佛就没有忧心的事。我忽然非常地羡慕这样的生活，甚至羡慕开这些小店的阳朔人，还傻傻地想过：我也能在这里开间小店就好了。

再到阳朔已是上世纪90年代了，看到西街两旁各式各样

竹筏漂流打破遇龙河的宁静

的店铺林立，许多招牌同时用中文和外文书写，阳朔本地的大小商贩操一口外语与西方游客交流，引得本国游客十分好奇。我不由感叹，这世事变化太快了。

多数游客不会知道这一条并不普通的小街发生的无数故事，说来就会让你着迷。我在这里只想告诉你几个故事：西街怎样让阳朔成为众媒体赞誉的"中国英语第一县"，西街怎样使不同国籍不同肤色的有情人终成眷属。

中国英语第一县

　　"中国英语第一县"是媒体给阳朔的命名，而这个"中国英语第一县"也是有历史的。

　　阳朔西街上世纪 30 年代就有了第一个英语学习班。这第一个英语教师资历还不浅，那是上海商务印书馆的英文校对马泽生。

　　故事从上世纪初叶开始，阳朔人李绍庚夫妇早年就读于梧州教会学校建道学堂，学成后到各地传教和教书。基督教传入阳朔之后，他们回到西街，主持传教事宜。七七事变后马泽生从上海逃难来到阳朔，李绍庚得知马先生的身份，疼惜有用之才沦为难民，遂聘请他为自己儿女的家庭教师，为孩子讲授英语，这样便帮助他解决了生计问题。此事一传开，好些商号老板争相延聘马先生为家教。求教者多了，教学地点就改换至广东会馆。这就是阳朔西街的第一个英语学习班。

　　1939 年国民政府军官外语补习班南迁到阳朔后，西街更是处处响起外语的朗读声，外语补习班的外籍教师应该是西街最早的外教了。

阳朔似乎有汇聚各种语言的基因，上世纪八九十年代，这个县被誉为"中国英语第一县"，又是另一番景象。中国英语第一县的中心自然就在西街。那个年代来到西街的外国人太多，除了成为阳朔一道亮丽的风景线，还是当地人挣钱的好商机。在西街做小生意的商贩想赚老外的钱，可又听不懂他们说的话，老外来买东西，双方只能用手比比画画，用计算器显示商品价格，很有趣的是也用计算器砍价。生意成与不成就靠运气了。这样的状况持续了好多年，直到西街出现了一所外语学校。

这所名为巴克兰的外语学校虽说创办并不顺利，但正逢其时，阳朔太需要懂外语的人了。奇特的是外语学校的创办者是一位毕业时间不长的中专生，他在长沙农业学校学习的是水产养殖专业，毕业后在家乡一单位就职。那个时候，中专毕业生工资很低，大专生的工资每月高于中专生 7 元钱。这个贫寒的农家子弟，为增加 7 元工资，决定业余自学，报考高等教育自学考试的英语专业，以获取一纸大专文凭。他自己也没想到，这个选择改变了他一生的命运，还让他一生与阳朔结缘。

　　这位来自湘南农村的青年叫欧文——后来被阳朔大众和新闻媒体称为"英语奇人"。少年欧文是一个有理想的人，在中学学习成绩很好，考上大学是没有问题的。无奈农村的家庭太穷，况且兄弟多，自己还是长兄，必须尽快挣钱养家。当他拿到英语高等教育自学考试的大专文凭，增长了一级工资，他非常高兴，由此喜欢上了英语。潜意识告诉他，这门外语会给他带来运气，于是他想继续完成英语本科的高等教育自学考试，虽然因为各种原因没能遂愿，但是他的命运已经与英语紧密联系在一起了。

刚来到阳朔创业的欧文（左）

　　我们常常说命运。命运是什么？是你的努力和生逢其时！欧文具备了这两个条件。当他第一次来到阳朔，看到满街操着英语和各种不同语言的外国人，他的兴奋无以言表。

　　每天下午两点钟，载着外国游客的船一艘一艘到达阳朔码头，客人们鱼贯上岸，熙熙攘攘，热闹非常。在西街看到老外走来走去，语言不通，又没有人带他们玩转阳朔，欧文决定去做导游。这时候，他的自考文凭起作用了，阳朔国旅的经理孙路看了他的文凭，用英语与他交谈之后，很满意。欧文被录用了，他成为第一批在阳朔打工的有自考文凭的大学生，每月工资60元。做导游期间，欧文晚上又到西街的餐馆兼职，不仅为了多赚一点钱，也为了更多地接触老外，释放他如同火山爆发般的工作热情。这是1987年，欧文23岁。

　　在湖南老家单位工作，每月45元；而在阳朔，除了国旅的固定工资每月60元，还可以得到额外的小费1500多元。年轻的欧文夜不能寐，原来知识可以改变命运，自己的劳动价值在这里得到了真正的体现。回到家乡，他没忘孝敬父母。在父亲生日那天，欧文花了500多元买了一台黑白电视机作为礼物送给父亲。这成为轰动全村的一件大事，那会儿城市都极少的电视机那么新奇时髦的玩意儿，在贫困落后的山乡出现了，怎能不掀起波澜？村里的400多人争相观看，挤破了他家的门槛。村里人免不了对欧文又是羡慕又是夸赞，让出生在贫困家庭的小伙子心理上得到极大的满足。于是，他想要去更大的世界闯荡，靠自己学到的知识挣更多的钱。阳朔在他青春的眼中，小了。

在单位办了三年的停薪留职手续，欧文去了开放度更强、政策更优、百川朝海的海南。此时无数中国的优秀人才，高学历、高文凭的人聚集在海南，谁还理会欧文这个只有成人自考文凭的大专生？他流落在海口街头，为了生计只好去卖报、擦皮鞋，在朋友家做家庭教师。这期间虽然摸摸索索看不清路，但也有阳光照射的时候，还是赚了一些钱。后来好不容易在三亚大东海旅游中心找到了一份工作，还迁了户口，但又因为时局变化，外国游客减少，一时无用武之地。就这样在海南跌跌撞撞、起起伏伏地过了三年，受人邀约，1991年他无奈又回到阳朔。

欧文不想再为人打工了，他在阳朔接手经营一家名为希尔顿的饭店（那时候阳朔人还没有知识产权意识，不知道这

2007年欧文（前排左三）赴哥伦比亚大学考察研修

是侵权啊）。这家饭店的位置不是很好，欧文想尽办法招揽顾客，除了客房、餐饮，他还为外国客人提供导游和各种文化项目服务，组织外国游客夜游漓江，观渔火，去参观工厂、学校。他邀请来自贵阳的画家林栋为老外画具有中国文化特色的 T 恤，大受欢迎。欧文介绍林栋说："他是中国的毕加索。"老外就说："他是东方的毕加索。"欧文还组织老外做一些有中国文化特色的趣味活动，比如用筷子夹花生比赛。各国游客都喜欢参加这样有趣的比赛，优胜者获得一件 T 恤作为纪念品，T 恤上用中文书写着"世界冠军"。这样的取乐方式不但传播了中国文化，还让老外开心之至。很快就有老外找他了，说要学习中国的太极拳，能不能帮忙找人教他。欧文自然义不容辞地帮助这位老外找了太极拳教练，与此同时老外的要求又给了欧文很大的启发：这么说来，麻将、书法、绘画，以及中文，不都是老外想学习的吗？何不举办学习班来满足老外对中国文化的好奇和学习欲望呢？况且，这样做不仅能够赚到钱，还会延长老外在阳朔居留的时间，使阳朔的旅游更兴旺。

欧文这样想着就开始行动了。他没有想到，办学习班是有规矩的，何况招收的学生是外国人。这不，他因为非法招收外国留学生被县公安局外事科抓去罚了款。那个年代，人们的思想仍然因循守旧，完全跟不上时代的发展，他找教育局批办学许可证，没有先例教育局不敢批。欧文想，能赚钱，又对阳朔旅游这么好的事情哪能放弃？办法总是人想出来的。他到阳朔县文化局请教局长秦臻，秦臻是一个有见识又有很好口碑的文化人。他也认为教外国人学习中国文化，打太极、学中文、练书法、下象棋、打麻将等，确实是好，但是没有先例的事得想办法。秦臻局长找来几个下属研究，寻找既能做成这件事，又不违反规定的可能。经过研究，文化局做出决定，给欧文批了一个"桂林阳朔文化艺术交流中心"的文化经营许可证。如此一来，这件事情不仅合法，还变成了为弘扬中华民族传统文化而举办的国际文化交流活动，不仅可以做下去，而且格局完全不一样了。文化局不仅大力支持欧文，还把办公楼多余的房子租给他用。这样参加学习的老外越来越多，有一天就来了二十多个——他们原计划在阳朔游玩三天，上学习班后竟然快快乐乐地度过了几个月。现在看来，那都是为阳朔成为"中国英语第一县"奠定的基础。

欧文的文化艺术交流中心办得风风火火之时，西街上很快就冒出了十来个文化交流中心，良莠不齐让人不知所从。经历过磨砺的欧文已经具有了强烈的市场经济意识，他决定另辟蹊径。

1993 年，欧文创办了一所外语学校，他给这所学校命名为"巴克兰"，名字很有寓意，把英文 buck（美元）和 land（土地）两个词组合起来的音译就是巴克兰，欧文要告诉你，这里是挣美元的地方，向中国学生明确地传达了办学的目的。市场经济时代，谁还能不想挣美元？这所学校后来改名为巴克兰国际商务外语学校。

快乐的老外

　　巴克兰外语学校的创办颇费周折，这也不足为怪。在那个年代，一个个体户，还是外乡人，办学这么大的事怎么能够交给你？不过，阳朔本地有见识又想改变阳朔面貌的人还不止一两个，算欧文的福气，他都遇到了。

　　阳鼎光在阳朔教育界是一位德高望重、一言九鼎的权威人物，做过镇小学校长、镇中学校长，颇有教育改革的思维和成果。他看着来找他的欧文，听他诉说办外语学校的想法，心里一阵激动：阳朔这个特殊的地方，太需要会说外语的人了，办外语学校是个好办法，尤其要从娃娃抓起。于是阳鼎光邀请欧文到阳朔镇小学办起了儿童英语教学班。学会了一些英语日常口语的孩子们很兴奋，他们学以致用，来到老外上岸的码头，来到满是老外的西街，为那些背包客带路，找旅馆，介绍阳朔的风景点、阳朔的特产，等等。外国客人一到阳朔就得到这些可爱的孩子给他们周到的免费服务，免除了语言障碍，都开心得不得了。能与老外对话的孩子，只学习了三个月的英语。这些学生的家长看到自己的孩子能够用英语与老外对话，以后英语成绩一定会很好，就别提有多高兴了。

有了这样的实践，巴克兰外语学校的创办又提到议事日程上了。"让我办巴克兰外语学校，三年之内会让阳朔的农民都能说一口流利的英语。"面对欧文的承诺，管理部门仍然是顾虑重重。正在欧文一筹莫展之际，又一位有识之士出手帮忙了，这人是阳朔县人事局局长吴跃年。吴跃年知道创办巴克兰的意义与价值，对于阳朔的未来，这一定是件大好事，他决定以自己单位的名义和欧文联合创办巴克兰外语学校，并担任校长职务。1993 年 9 月，巴克兰外语学校终于在阳朔西街正式挂牌成立。这块牌子挂起之后的第二个月，吴跃年便辞去校长职务，改由欧文任巴克兰的校长。真是要为这位人事局局长点一个大大的赞，没有他的支持，欧文再有才能也掀不起阳朔学英语的浪啊！

感激涕零的欧文从此全心全意投入巴克兰的英语教学之中，巴克兰成为"中国英语第一县"的领头羊和样板。欧文紧接着创建了阳朔第一个网站，打开信息通道，向全国各地招收学生。

巴克兰创办成功，对于欧文来说，最主要的课题是教授英语的方式。他非常明白，来到阳朔，来到巴克兰学英语的学生，并不为一纸文凭，也不在乎什么学历，关键就是能够学以致用，特别是练好口语，能与老外对话。他不能走，也走不了学院派"高大上"的路，在这里教英语必须抄小路，让学生们学了马上能用。他要用一种方式，让学生们不畏惧学习英语。"走进巴克兰，英语不再难。"这是欧文为巴克兰打出的宣传口号。这种方式吸引了从广西各地以及上海、湖南、东北各省市来的学生，巴克兰走红了。随后阳朔又陆陆续续出现了多所外语学校，让阳朔学习外语的氛围越来越浓厚。

据说在这样的环境下阳朔出现了10位"英语奇人"，欧文自然是排在第一位的。江湖上有他那么多的传说故事，我当然要见见这第一位"英语奇人"欧文。在约定的时间,我们在河畔酒店临水的咖啡座,聊起了欧文的外语办学之路。一开始欧文就说:"上世纪 90 年代,广西师范大学外语系主任陆煜泰带我去见过您。您忘了?"看着他,不知是否该说声抱歉,还真是忘记了。我连忙将话题转到我急切想知道的问题上:"人们大多对学习英语望而却步,你怎么能够做到'走进巴克兰,英语不再难'?"

我的问题点燃了欧文的思绪,他滔滔不绝起来:"首先要明白在阳朔办英语学校的目的。阳朔那么多老外,那是赚美元的商机,绝对不能错过!我给巴克兰的定位,是培训能够与老外对话、与老外做生意的学生。我们不是培养翻译,不是培养播音员,我们培养的学生是为境外来阳朔的游客服务,留住他们,让老外没有语言障碍地在阳朔畅快旅游,在饭店里吃饭、住宿舒心,在西街没有障碍地购物就可以了。所以,复杂的问题要简单化。

"我不教英语语法,甚至先不教 26 个字母,而是把英语缩成两个单词,一个是 ask(问),一个是 answer(答)。首先让学生学会问问题。英语几万个问题你不会说,我就把它变成几千个问题；几千个问题不会说，我再压缩成几百个问题；对于职业学校的学生，先压缩成几十个问题、几个问题，这样他们学起来会很快。

"What do you like to do？

"What do you like to eat？

"What do you like to drink？

"每一个句子都是一个问题，换一个单词就是一个新句子。这样的句式重复100遍，你还记不住？有些学生学会了就到西街去与老外对话，回来自己惊喜得不得了，说：我这么快就能够和老外说话了！

"这些学生绝大部分是初中毕业生，这就是说，他们的脑袋没有被试题搞晕，还有一点灵气，搞不懂的数理化也不再纠缠了，他们思想负担比较小，计较的东西少，也不讲面子，很快就接受了这种教学方式。在阳朔西街到处都有学生在与老外对话。"

一席交谈，让我很有感慨，这实在是一种民间的职业教育，对于正规学校来说，这是旁门左道。从正规大学毕业的英语老师，谁敢这么教学生啊？可是欧文的教学确实非常有用，尤

其是在那个年代的阳朔，很多小商贩、农民学会了一些英语口语，得益了，赚到了老外的钱，开始走上富裕的道路。有的创业者，从勤奋学习英语，做阳朔导游起家，慢慢积累资金，当起了老板，改变了自己的命运，也为阳朔的繁荣做出贡献。

欧文还给我讲了一个让人喷饭的学英语赚美元的故事：

阳朔有一个四十多岁姓秦的湖南籍按摩师，他找到欧文，说也想在阳朔靠推拿按摩赚老外的钱，就是英语太难学，他买了英语书，也上了英语学校，就是学不会，记不住单词，也不懂发音。他问欧文有什么办法。欧文想了一下，对他说：

"我可以教你，不过你要交 500 元学费。"

老秦说："你只要教会我，600 元也没问题啊。"

巴克兰的各种活动

欧文说："我只教你5句话。"

老秦很惊讶："一句话100元？那太贵了。"

欧文说："你学英语就是为了赚老外的钱嘛，你不用多学，5句话就可以了，学不会赚不到钱，这500元就不用给我。这5句话是我从上万句英语中挑选出来的。"

欧文说，他一天教老秦一句，用中文标音，再教他语调，每句话要他讲100遍，同时让他用手语配合。

老秦看到欧文写的标音汉字，说："这我会读啊！"于是老秦看着欧文的汉字标音，按照欧文教的语调读起来，读着读着也就有了信心。学完5句英语，欧文就陪着老秦在四海饭店开始与老外对话了。欧文教老秦对老外讲的5句话，中文意思是这样的：

　　"你好！你看起来很疲惫。"（Hi, you look very tired.）

　　"我是中国按摩师。"（I'm a Chinese massage doctor.）

　　"你要不要试试？"（Do you like to try？）

　　"每分钟只要一元钱。"（Only one yuan one minute.）

　　"不满意不要钱。"（No satisfied, no pay.）

　　老秦说的每一句话，老外都有反应，而老外说什么，老秦却不知道。老外说完，欧文在旁边并不解释，只示意他讲下一句，5句对话完毕，那位老外被打动，接受按摩了。第二天，欧文才把5句英语的中文意思告诉老秦。此后，找老秦的老外越来越多，他赚了不少钱。一天，居然有一位荷兰客人问老秦："你想不想去荷兰开一家按摩店呢？"老秦赶忙来问欧文能不能去，欧文笑着答："当然要去啊！"于是老秦在这位荷兰人的帮助下，到荷兰开了一家"中医康复中心"，把中国的医学文化带到了荷兰。

　　欧文口才极好，他绘声绘色讲的这个有趣的故事让我和周边的人听得哈哈大笑。一种上不了厅堂的教学方式，却让一个畏惧英语的按摩师和老外用英语做上了生意，还让他得到去荷兰赚外币的机会。这不很神奇吗？因人施教的方法真是可以取得很好的效果。欧文笑着说："这也是开始时不得已为之，偶尔为之。用汉字注音这个方法简单，但不能乱用，汉语发音与英文音标大不相同。用汉语注音提示，要有好的英文老师带读，直至达到正规英语发音水平。这也只是对一些没有文化又想学英语的人适用。"

我问欧文："你为什么不先告诉老秦那5句话的中文意思？"

欧文说："从学习的年龄来说，他的年纪算大了。告诉他，他反而会搞混。简单才容易记住。

"我这5句英语也是从西方的文化提炼出来的。西方的教育让人对于新的事物都愿意试一试，try（尝试）很重要；另外，老外对价格很敏感，你明码标价他就放心。"

"你是无师自通的心理学家。"我笑着说。

从那时候起，阳朔陆续出现了十几所外语学校，巴克兰的名声慢慢传到了海外，向往中国这个神秘国度的西方年轻人闻讯不远万里来到阳朔，开始了他们的新生活。有一些老外是志愿者，到阳朔教英语，或与学生们用英语交谈，同时

巴克兰海外教育集团工作团队

也在这里学中文，效果是两全其美。老外花很少的钱就到阳朔旅游了一趟，还学到了中文、太极、武术，而学校的教学成本由此也降低了许多。

　　海内外投资者也纷至沓来，这不仅是因为美丽的风景，还因为有良好的国际语言环境。

把"中国英语第一县"的名声推向高潮的是"疯狂英语"创始人李阳。阳朔因为他的到来炸开了锅。人们得知消息，从四面八方赶来这里，为的是听他演讲，接受他短期的英语魔鬼训练。可这个时候，阳朔还没有做好接待那么多客人的准备，关键的是住的地方不够。当时这里的民宿还很少，上千个学员及相关的人住哪里？无奈政府只好出面，腾出学校的房子给学员们住，全县上下为此折腾了好一阵子，学员还很有意见。李阳的到来和阳朔接待客人能力不足成了阳朔的大事，也推动了阳朔旅游设施的逐步完善。

这其实是欧文闯出来的一个"祸"。当他闻知李阳准备在桂林演讲，就忙不迭地要去请他来阳朔。欧文并不在意他与李阳从无交集，只是特地带了一位叫马丁的老外作为自己的助理前往桂林。

不是应约，又没有关系，欧文自然见不到李阳。可什么事能难倒脑子好使的人呢，这不都是欧文预料之中的吗？在桂林市体育馆，李阳的最后一场演讲即将开始，听众有近万人之多。欧文让马丁拿着名片上台递给李阳，并对他说："巴克兰学校校长欧文先生想来配合你的演讲。"此时李阳正需要一个外国专家来帮助他烘托气氛，以为上来的老外就是欧文，便对听众说："现在我们请欧文先生讲话。"热烈的掌声响起，欧文走上了台。李阳一看是个中国人，疑惑地问欧文："怎么回事？"欧文告诉他："刚才那位老外叫马丁，是我的助理。"李阳又问："那巴克兰又是怎么回事？"欧文说："巴克兰是教外国人学中文，教中国人学外语赚美元的地方。巴克兰的意思就是遍地美元。"李阳立即大声向听众说："我们就是要教中国人赚美国人的钱，好不好？"台下异口同声："好！""现在阳朔有个巴克兰国际商务外语学校正在做这件事，我们请他们的校长先生讲话。"

欧文不慌不忙开始了他的演说。他对自己这么多年经历和感悟的总结，以及对改革开放时期社会发展基本需求的认知都浓缩在这场演讲中，让每一句话都打动听众的心，为李阳具有鼓动性的演讲又添加了一把火，如同一场崔健的摇滚音乐会，把听众激昂的情绪推向了顶点。

经过在桂林这一场演讲的成功合作，李阳到阳朔就是顺理成章的事了。尽管全国四面八方李阳的拥趸闻风而来，人数之多前所未有，给阳朔的接待工作造成了巨大的困难，欧文自己也遭受了巨大的损失，但是阳朔的英语学习就此被推向了一个前所未有的高度。人们在阳朔学习英语的热情持续不减，外籍教师在此也如鱼得水。

阳朔被称为"中国英语第一县"真不是枉得虚名，民众外语的普及率特别高。你看：一个县有二十多所外语学校，各种学习班、培训班兴盛。这样一来，阳朔不仅是为了赚钱的商贩会说外语，中小学生会说外语，做导游和开办民宿的农民也会说外语，这些农民有些还是年纪大的老人，会操十一国语言近八十岁的月亮妈妈就是一个例子。此外，县领导和普通的干部也在培训班学习外语，他们的外语水平与老外交流完全不成问题。

用外语交流成为这里的一种生活方式。更有意思的是，每逢寒暑假，学生们和一些年轻人从全国各地来到阳朔参与这里的外语学习和以外语为中心的各种活动；还有众多到阳朔度假或工作的外国客人在这里自在地生活。

阳朔就是一个名副其实的地球村。

多情西街的那些异国恋曲

　　早在《诗经》时代，诗歌里的爱情就与水连在一起了。"关关雎鸠，在河之洲。窈窕淑女，君子好逑。""蒹葭苍苍，白露为霜。所谓伊人，在水一方。"这些诗句传唱千古，其对美好爱情的向往慰藉了多少世间男女！清澈透明的水象征爱情的纯洁，长流不息的江河那是爱情绵长的寓意。

　　很长时间，人们对阳朔西街的异国婚恋总是津津乐道。我想，那些恋情一定是与清澈绵长的漓江之水相连的。有这样一首歌《女人是水 男人是山》："水是淑女山是伟男，男人与女人手牵手心相连，男人是高山才顶天立地，女人是绿水才绕山缠绵。……高山展歌喉倾诉对水的爱恋，绿水吐清波表达对山的情怀。……男人与女人之间的爱恋，永远如歌似诗在山水间流传。"这般说来，漓江的山与男人、漓江的水与女人真是世间难觅的情痴佳偶，在这里成就了那么多的异国婚恋也就不奇怪了。

　　你看，青山护卫着漓江，静静的漓江是那么妖娆，妖娆的漓江又是那么浪漫。有情人在这样美妙的空间里度过一段时光，该是多么幸福和难忘！天气晴好时，蓝天白云映衬着碧绿的漓江，洁净的江水把两岸高大的山峦揽入怀中，倒影中的青山随着水波摇晃，似乎在享受漓江水的温柔；至于雾雨时节，漓江更是烟雨迷蒙，岚气缥缈，黛色的群山若隐若现，犹如藏在轻纱薄幕之中。偶尔江面上漂来一艘小船，船上挂着红帆，耀眼的红帆点缀着这一片自然风光，让你恍若进入了仙境。濛濛细雨柔情地、轻轻曼曼地洒进漓江，烟波渺渺的绿水随着青山蜿蜒流转，那水那山一时变得风情万种。

阳朔西街就这样依偎着漓江，秉承着她的仙气，招来无数仰慕漓江的世间男女，无论国籍，不管人种，在这里结下

漓江红帆

情一样深啊，梦一样美，如情似梦漓江的水——贺敬之

良缘。这条有近 400 年历史的古老街道，在历史的长河中与漓江有着不解之缘。

　　境外游客看到这片如诗如画的山水田园，哪里可能一走了之？好多客人每年都来，一年还会来几次，后来有人干脆就留在西街，开起了店经营咖啡、西餐，办民宿，有的人更进一步，在这里与纯朴的阳朔儿女谈情说爱，或者邂逅一个来旅游的外乡姑娘或小伙，定居阳朔，结婚生子，乐不思归了。

法国兄弟的阳朔情

我最早听到的异国婚恋传闻，讲的是一对法国兄弟在西街的爱情故事。哥哥喜欢阳朔留在西街，与一位阳朔姑娘成了家，有了一个儿子。他开了一家餐厅，取名"乐得法式餐厅"，在西街最显眼的位置。这座老式房屋原为清朝时期的江西会馆，虽然破败了，但依旧古朴典雅，让这位法国青年很是喜欢。他用法国人对艺术的天生禀赋装修这幢房子。餐厅开业时，法国驻广州总领事，阳朔县委书记、县长都出席了开业仪式。此后，直至 2020 年疫情暴发，他的生意都做得非常好。哥哥定居阳朔 10 年之后，弟弟也应哥哥的召唤来到这里，与哥哥一样，爱上了阳朔这个美丽而且可以轻松生活的地方。后来他与一位云南姑娘一见钟情，结成连理。时至今日，兄弟俩已经在阳朔生活了二三十年，真把阳朔当成了自己的第二家乡。在准备写本书时，我便想起了这一对法国兄弟的故事。2022 年 4 月再次来到阳朔，我问欧文："当年西街一景的法国那兄弟俩还在阳朔吗？""在啊。""我想访问他们。""我来帮你约。"欧文回答。

阿福与阿禄

我们约在了格格树饭店见面。

坐在格格树温暖的饭厅，我打量着这对法国兄弟克里斯托弗·文森特和吕克·文森特，他们有很传统吉祥的中国名字——文双福和文双禄，阳朔人干脆就叫他们阿福和阿禄。欧文告诉我他们是双胞胎，我很惊讶："你们是双胞胎？不像啊！"阿福立即打开手机，把他们儿时的照片发了给我：两个可爱小人儿，是双胞胎不假！另一张是少年时代的照片，这兄弟俩不仅帅，还很酷。他们的中国话都说得很好，虽不是母语，但讲得还不失法国人的幽默与风趣。两兄弟1969年出生在法国的斯特拉斯堡，那是一个有"欧洲第二首都"之誉，有众多历史文化遗迹的美丽城市。他们的父亲是一家食品公司的老板，母亲是一名护士。传统的家庭生活平淡，而哥哥从小就向往冒险刺激的生活，1988年，刚满19岁的克里斯托弗·文森特就参军当了一名特种兵，他被派到前法属殖民地非洲的加蓬共和国服兵役。两年后，他退伍回国当了警察。但是克里斯托弗已经很不适应法国平庸的生活，于是义无反顾地背上背包游历世界去了。他走了15个国家之后来到中国。

"中国和法国相隔遥远，你了解中国吗？是怎么想到来

在温暖的屋子里听两兄弟讲自己的故事

中国的？”我问。

"那个时候在法国，有很多杂志和电视节目介绍中国，电影院也经常上映中国电影，这片古老神秘的土地让我心驰神往，我特别喜欢中国悠久的历史文化。"是啊，中国的改革开放向世界开启了一扇门，这才有了阳朔地球村。

这时我才注意到阿福的颈项上、手腕上都戴着玉饰，似乎是中国的古玉。他看出了我的疑惑，伸出手腕让我看他的手链。"这是红山文化。"我吓了一跳：他居然还懂得红山文化！接着他又把项上的玉链取下来让我看："这是良渚文化的东西。"对于古玉我是外行，没敢接他的话。紧接着他又把手机上一些古玉的图片逐一让我观看，说："这是河姆渡文化，这些都是我的收藏。""你怎么会知道这么多中国的古文化？你很有兴趣？"我简直不敢相信。

"我有一些这一行里的专家朋友，他们觉得我有这方面的悟性，教给我很多这方面的知识。在中国这几十年我也很努力向师傅学习。我想保护这些古老的文化，CCTV 做节目还拍过我收藏的这些东西呢。我信仰佛教、道教。这个世界应该是一个家，要传播没有国界的爱，我只是一个桥梁。"

我瞪大眼睛看他，阿福一头栗色鬈发，英俊的脸棱角分明，但我似乎从他的脸上找不到法国人的时尚和浪漫。言谈间他时而神采奕奕，时而会流露出一丝的忧郁，你很难揣摩他到底是一种什么性格的人。"我是宇宙的儿子。"这是他挂在嘴边的一句话。

原来，文双福 1991 年就来到中国，那年他只有 22 岁。遍游香港、深圳、上海、北京、兰州、西安之后，他来到桂林的阳朔。这里美丽的山水吸引着他，他爱上了阳朔古朴宁静休闲的生活方式。1993 年他在阳朔定居后就再也没有离开。"我不能离开水。我爱漓江，那清澈的水让我安定。"阿福说道。

阿福喜爱东方文化

神采奕奕的文双福　　　　　　　　　儿时的兄弟俩

　　人们说，西街最有名的爱情故事中，文双福算其中之一了。阿福到阳朔不久，就在西街遇见了当地姑娘周艳珍，当时小周还在哥哥的酒吧里帮忙，同时学习国画、英语和按摩，她的单纯与质朴深深吸引着文双福。1993 年，没有法国人的时尚浪漫，没有中国人的小资情调，法国特种兵帅哥文双福和中国阳朔朴实的农家女周艳珍结了婚。

　　"我喜欢中国文化，我喜欢中国姑娘。中国人阴阳分明，女人温柔，爱得专一，这是最美的女人。结婚之前我都不敢拉她的手，因为我要遵守当地的习俗。"阿福笑着说。

　　1999 年他们有了一个可爱的小男孩，也取了个中文名字——文杰。

　　阿福和周艳珍感情一直很好，但相处中也常常遭遇文化上的冲突。比如，阿福在阳朔有很多朋友，其中不乏一些女性朋友，相见时常常还会与她们嘻嘻哈哈、打闹嬉戏一番。一个从浪漫国度走出来的人，阿福认为这是很正常的事情，可是中国农村长大的小周，有着十分传统的中国文化理念，很难理解法国人的浪漫情怀。

2000 年，专一的阿福还是和太太分开了。"妻子不理解我，她不给我自由，她怕别的姑娘插足，什么都管，都安排。我是爱她的，其实很专一，我没有花心，但是不能没有自由。"

阿福和小周离婚的事弄得满城风雨。很多人谈论这事，过问这事，指责阿福，这让阿福苦恼也不习惯：中国人为什么那么关心别人的事呢？法国人只关心自己的事。"你们的孩子跟谁生活呢？"他说现在他与小周的关系依然很好，我看他并不忌讳谈论他和小周的事，便继续问。"小时候当然与母亲在一起，现在他长大了，成了一个好帅的小伙子，自己在云南工作和生活。将来也许会回到法国，去传播中国文化。"

"我很早就听说你在西街开了一家餐馆，那时候很有名啊？"

　　"是的。在西街很中心的地方有个 200 多年历史的江西会馆，年久失修，破败不堪，我觉得很可惜，就把它租下来，尽可能保留原样改装成餐厅，我给它取了个名，叫乐得法式餐厅。会馆的门口有个很大的场地，我在那里摆上休闲桌椅，撑上漂亮的阳伞。这样的装修当时在阳朔西街算是一景，显得非常特别，吸引了不少的游客来喝咖啡、就餐。餐厅开业时我请了一个法国厨师做法国牛排，牛排是从巴西空运过来的，价格比较贵，但是在西街比较独特，所以生意很好。我和法国旅行社有长时间的合作关系，每年他们都会带法国人到阳朔旅行，自然都会光顾乐得法式餐厅。后来我也请阳朔人做地方特色菜肴，如阳朔啤酒鱼，很受法国人欢迎。那个年代，每年大概有上万的法国游客到乐得法式餐厅吃饭，生意非常好。

　　"乐得法式餐厅也接待了各级政府官员，从'县官'到中央领导，他们都说我为中国和法国的友谊做出了贡献。的确，我开餐厅不是为了赚钱，而是为了人间的大爱！我不知道你能不能理解？"

　　我笑笑说："我特别理解。"

2005 年，阳朔县政府邀请文双福作为阳朔旅游形象代言人，这是一项"义务工作"，他十分乐意接受这项工作，接受了包括中央电视台在内的许多媒体采访，表达他对中国文化的向往，对阳朔的热爱，以及期望中国和法国友谊常青。而作为阳朔县政府的旅游形象代言人，阿福也得以到过很多地方，在北京不仅游览了故宫，甚至去过中南海，住过钓鱼台，这让他更开阔了眼界，见识了博大精深的中华文化，进而要去做一番研究。

时间飞快过去，我感觉冷落了弟弟阿禄。在我与阿福谈话之时，他偶尔会插上两句，再下去就被哥哥打断了。我赶忙转过去问他：

"你也当过兵吗？"

"是的，我 20 岁才去当兵，哥哥快要回国的时候才到非洲，不过我是去做运动教员，没有哥哥那么辛苦。我喜欢音乐，喜欢打击乐。在非洲也常常一个人自娱自乐。"

"你是什么时候来到阳朔的呢？"

"2001 年，阿福来了 10 年以后，我也来了。"阿禄回答。

与哥哥相比，阿禄更现实一些。他邂逅了一位来阳朔旅游的云南姑娘，一见钟情，马上展开追求攻势，俘获了姑娘的芳心。他们在阳朔结婚，在阳朔开了一家民宿，美美满满地过着自己的小日子。

真是有意思的兄弟俩！

"我们还有两个法国朋友，在阳朔住了20年，他们也是兄弟，盖了一幢很漂亮的楼，你想不想去看看？"阿福对我说。"好啊！我们另找时间。"我答道。

第二天，阿福陪我来到他法国朋友的住所。远远地我就看到一栋很大而又特别的楼房，似乎尚未完工。到达时，主人已经在等候我们了，我们被招呼落座在这栋房子的一层。

阿福开办的乐得法式餐厅一度火遍西街

漓江水为媒

这栋四层楼的房子还没有开始装修，周围的环境很美，种的花草果树茂盛地生长着，褐黄色的黄皮果缀满枝头，低矮的紫色辣椒果实累累，一只小狗欢快地跑来跑去。

放眼望去，四周都是田野，远处是喀斯特美丽的山。此时下雨了，好雨真是知时节啊，现在正是插秧的日子，外面耙好的水田摆满了一把把秧苗，两三个农民在冒雨插秧。陌间一个头戴斗笠的农夫赶着两头水牛穿行而过。好一幅田园美景！难怪把浪漫的法国人吸引来了。

这个法国人叫塞尔日，1993 年就来到了阳朔。此前他在法国创办了一个公司，当导演，做电影，还写得一手好文章。也许是太年轻，公司经营不善倒闭，他就此歇手开始游历世界。他已经遍游欧洲，到过阿拉伯、以色列，去了非洲、亚洲的一些国家，在中国去过西藏，然后来到阳朔。阳朔不仅风景美，生活成本也低，东西很便宜。驻足停留在阳朔让他十分轻松惬意，这一留就是三十年。1995 年塞尔日与西街一家咖啡店的一名女服务员结婚，养育了一儿一女，生活无比安逸幸福。我们常听的移民故事都是东方人，尤其是中国人移民到欧美，经过一番奋斗，在那里安逸地生活，而今，西方人，尤其是

弟弟菲利普设计的房子兼备中西风格

欧洲人移民中国的故事听起来更有意味呢。

　　塞尔日不会说中文，他的阳朔妻子却会说法文。我们沟通时的翻译是阿福或者是塞尔日的儿子。他的混血儿子在武汉大学就读，今年刚毕业，好帅的小哥。

　　这天见到的还有塞尔日的弟弟菲利普。菲利普是一位设计师，有很好的专业素养，这栋还没有完工的楼房便是他的设

春牛图

插秧图

计作品。菲利普的阳朔恋情很奇特，他也与一位阳朔姑娘结婚，有了一个孩子。不料待他们回到法国度假，妻子却爱上了法国，不愿意归家。于是菲利普独自一人带着孩子回中国，在阳朔请了一个保姆带他们的孩子。面对细心照料孩子的保姆，日久生情，菲利普做了一个决定：与滞留法国不归的妻子离婚。

"这几年疫情我回不了法国，我要回法国与妻子离婚，然后与这个保姆结婚。"他的表情很坚决。

这样的交融、碰撞及谐和，发生在地球村也不足为怪。尽管塞尔日父子、菲利普都同意我讲他们的故事，但是塞尔日的妻子得知我要写他们，委婉地表示了不同意，我只能理解她、尊重她，只告诉读者这个故事的脉络。

留影

有哀无怨的三国恋情

还有一个离奇的故事，两个不同国度的白人女友共同钟情于一个阳朔农村小伙子，演绎了一段颇具传奇色彩的有哀无怨的三国（也是三角）恋情。

这个阳朔小伙子就是青年农民黄仁德。他住葡萄镇的下岩村，因为家境贫困，初中未毕业就到西街表哥的李莎酒店做服务员，想赚点钱养家，供弟妹们上学。小伙子聪明勤快好学，那些年，世界各国游客源源不断来到美丽的阳朔，住在李莎酒店的外国游客不少。在迎来送往的接待中，好学的黄仁德慢慢能够用浅显的英语与客人交流，服务就更用心。

那年秋天，李莎酒店来了一位叫雪瑞的美国姑娘，与其他晚睡晚起的外国游客不同，她每天早早起床，怡然自得地独自到餐厅用餐，然后外出游览。黄仁德注意到这个与众不同的孤独的美国姑娘，便给予她更多的关切。当餐厅人少时，仁德经常向她问长问短：需要什么，想去哪里游玩……这样的关心让独自一人身在异国的雪瑞感到很温暖，雪瑞不时也会问起仁德的情况和身世，两人慢慢熟络起来。原来美国姑

乡间生活

娘雪瑞也在酒店做服务员，与仁德不同的是她家境殷实，父亲与哥哥都是建筑商。美国的年轻人独立性都很强，雪瑞靠自己打工赚钱周游世界。来到阳朔被美丽的自然风光迷住，一住几个月都不想离开。仁德与她算是同行，两人话也多了，仁德会抽空为雪瑞做义务导游，带她去那些一般游客不知道的风景点，给她讲解阳朔的民间习俗。不知不觉间，他们两人导游与游客的关系发生了微妙的变化。

这一天秋高气爽，仁德带雪瑞到当时很少人去的遇龙河游览，他们脚踏自行车，穿行在乡间小路上，一路只见田园村舍，阡陌纵横，河水清清，翠竹繁茂。雪瑞兴奋得不能自已。在遇龙桥上，仁德给雪瑞讲遇龙河和遇龙桥的传说故事，雪瑞听得入迷，被这个天堂人间的故事打动：这么美的景色才会有这么动人的故事！她支上三脚架，双手抱住仁德的腰，头依靠着仁德，嫣然一笑，拍下了一张美好的双人照，却也弄得仁德一时不知所措。

雪瑞对仁德说："阳朔山好水好，人也善良友好，做阳朔人太幸福了。黄先生，我羡慕你啊！"

仁德说："我有什么好羡慕的？还是雪瑞小姐有福，可以周游世界。"

"你如果愿意，也可以周游世界的。"雪瑞认真地说。

仁德苦笑："我？一无钱，二无时间，三来外语又不行。"

雪瑞说："我可以帮助你上学。"

仁德没答话，他想，哪会有这么好的事，一个萍水相逢的外国人，怎么可能帮助我去上学？

雪瑞看他不说话，就说："你不是说要学好英语多挣钱吗？你不是说要让弟弟妹妹不再为学费发愁吗？你不是说要改变乡下人的地位和命运吗？你不是说这一切就是为了让父母高兴吗？你过去对我说的心里话我都记着。你不相信我会帮助你？

"学费你也不用愁，请相信一个异国朋友的诚心和经济实力。"

仁德惶惑地看着雪瑞，结结巴巴地问："雪……瑞，你……为什么对我那么好？"

雪瑞情不自禁一把抱住他，说："I love you！"

接下来雪瑞就给在桂林的瑞琼小姐打电话。瑞琼是雪瑞在阳朔认识的英国朋友，那时她正在广西师大外语系当外教。巧的是，正好这年秋季他们的英语培训班招生。

　　雪瑞和仁德来到桂林，进入靖江王城里的广西师范大学，找到在外语系任教的瑞琼。雪瑞郑重地向瑞琼介绍仁德："黄是我在阳朔结识的最好的朋友，我要帮助他学好英语，请你多多费心。"瑞琼回答说："放心吧，你的朋友就是我的朋友。他一定会学好英语的。"

　　雪瑞又对仁德说："我要走了，我会再来看你，你要努力学好英语，等着我。"

　　两人依依不舍，仁德把她送到机场，除了一遍一遍地谢，他也找不到更多的词语来表达对雪瑞的感激之情，只是不断嘱咐她要管理好行李。眼见雪瑞乘坐的飞机升腾而去，仁德心中空空落落地若有所失。他实在想不到，与雪瑞认识的短短三个月，生活就发生了这么大的变化。他一个经济窘迫的农民，居然可以坐在大学的课堂里学习了，真是不可思议！

　　他想一定要学好英语，将来报答雪瑞的这份恩情。

　　瑞琼老师对朋友的托付也十分上心，每次下课之后，还让仁德去自己的宿舍，额外给他补课。仁德也比班上任何一个同学都要发奋，听、说、读、写、背，哪一道环节都要弄个滚瓜烂熟。瑞琼看着仁德一天天进步，很有成就感，觉得自己没有辜负朋友的嘱托。

　　一次仁德问老师，中国的生活比英国艰苦，为什么要到中国来当外教。瑞琼说，她喜欢中国，喜欢中国古老神秘的东方文化，喜欢中国人。中国人勤劳朴实，关心别人，善于与人相处。

　　一个星期天，瑞琼说想到仁德家里玩玩。仁德家里穷，心里自卑，很不愿意，又拗不过老师，只好带她去了。从未到过中国农家做客的瑞琼，看到青瓦黄泥砖墙的简陋房屋，笑着对很不自在的仁德说，这要在英国，就成为文物，你就是富翁了。

　　仁德的母亲看儿子带一个金发碧眼的洋小姐回来，埋怨他怎么不告诉家里，好提前买点菜。母亲又把仁德拉到一边，问他："你是不是谈了一个外国对象？"

　　仁德哭笑不得，说："妈啊，不要乱说，那是我的老师，不是对象。"

　　母亲又问："我听说你在城里谈了一个外国姑娘，是不是她？"

　　"不是她，这是我的老师，她是英国人。你讲的那个是美国人。那个也八字还没有一撇呢。"儿子赶忙澄清。

　　瑞琼看母子俩用阳朔土语对话，仁德着急的样子，就问："你妈妈说什么？"

　　仁德无可奈何地实说："她以为你是我的未婚妻。"

　　老师笑了："哪有那么好的事！"

　　仁德难为情地说："我父亲问你爱吃什么菜。"

　　瑞琼说："我最爱农家自己种养的绿色食品。"

　　接着瑞琼便询问村子里孩子们读书的问题，仁德告诉老师这里贫困家庭的孩子受到了捐助，不再失学了。谈话间仁德的父母看到他们用英语交流，仁德说得那么流利，觉得儿子真是有出息，开心得不得了。他们杀了一只正在下蛋的母鸡，煎了荷包蛋，煮了新米，从地里采来新鲜的蔬菜，高高兴兴地摆满小木桌。而这样新鲜的生活体验，瑞琼还从未有过，这一天对她来说太重要了。此后节假日她不时到黄家做客，也带一些物品送给仁德的父母。这位尊贵的客人让两位老人感到很有面子，乡亲们也说仁德有出息了。

　　时间一天天过去，瑞琼与仁德相处越来越好，亦师亦友。不料，之后发生了一件意想不到的事情，改变了仁德、雪瑞和瑞琼三人的关系。

英语培训班组织学员周末去桂林龙胜的龙脊村旅游，这里是个风景名胜，壮家寨子的吊脚楼傍山而筑，龙脊梯田是国家一级风景点，据说梯田的建造已经有两千多年历史。从山脚到山顶，梯田层层叠叠，十分壮观。正是春耕时节，田里积满的水倒映着天空的光影，身着本族服装的壮族农夫赶着水牛在犁田，远远就能听到农夫的吆喝声。看着这一幅壮乡农民的生活场景，英国姑娘激动不已，她顾不上山路崎岖，田陌泥泞，全副身心只在用相机拍下这些独特的美景。她要把这些照片中的景带回英国，展示自己在这个神秘美丽国度的经历。一不留神，瑞琼踩到了一块松动的石头，尖叫一声摔倒在地。仁德赶忙去扶老师，他刚一碰到瑞琼，就被她大喊"痛"的声音吓到了——右腿不知是摔断还是骨折，他赶快背上瑞琼小心翼翼下山。背上一个大活人，几百米长长的崎岖山路走下来，仁德全身骨头架子都要散了。他一路不敢停留半步，怕稍有闪失耽误救治。这样坚持背着瑞琼走到山脚，上了学校的汽车后，仁德不顾疲倦，一直扶着坐在椅子上的瑞琼，以免车的颠簸让她再次受伤。

在桂林市人民医院拍片检查，瑞琼右腿骨折，虽不算严重，但必须住院治疗，瑞琼被安排在一个单间的病房。仁德二话没说，赶回学校请假来照顾老师。开始瑞琼不能动，生活不能自理，仁德不仅给她端茶倒水，打菜送饭，还要帮她擦身体，换洗衣服，倒屎倒尿，亲人要做的事他都做了，这让瑞琼非常过意不去。仁德却安慰她说："老师为我的学习操那么多心，现在是我报答你的时候了。我一个农民，做这些不算什么的。"瑞琼感慨自己身在异国他乡，有这么好的朋友关照，真是太幸运了。等到病情稳定之后，师生就把病房当成了课堂，仁德背诵课文，瑞琼纠正他的发音。这样一对一的教学让仁德的英语学习进步很快，那段时间对仁德真是弥足珍贵。休息的时候仁德就给老师讲家乡的一些笑话，逗她开心。仁德说到好多年前，他们村子里的一个乡亲进城卖甘蔗，看到镇上发行福利奖券，有人居然中奖得了一台拖拉机，于是他花了4元钱买了两张奖券，也很幸运地中了奖，是一辆女式自行车。他不会骑车，就用板车拉了回去。第二天，他又推着车来了，说这车少了一根横杠杠，要求补回一根。听他这么一说，在场的人个个笑得前仰后合。还有一个故事，也是很久以前的事了。他们家乡有的人从未到过阳朔县城，更不用说去桂林了。有一回，一个乡亲有了一个去桂林走亲戚的机会，当他第一次看到火车的时候，惊奇得不得了，大声地喊："桥走路！桥走路！"

瑞琼听了哈哈大笑："这是你编出来的吧？"

师生俩就在这样琐碎烦杂的护理和学习娱乐中度过了一个半月，瑞琼出院了，老师又重返讲坛了。那段时间形影不离的接触让两个人的关系变得很微妙，这让仁德有些不知所措，他害怕伤害了雪瑞，也怕伤害瑞琼。回到课堂，仁德只是埋头学习，不敢看老师一眼，他害怕瑞琼那双含情脉脉的眼睛，下课再也不敢去老师宿舍开小灶补课了。这样的疏远让瑞琼很难接受，她知道，自己爱上了这个在医院对她无微不至照顾的纯朴善良的小伙子。虽然他是雪瑞的朋友，他们毕竟也只有三个月的交往，还不能算是情侣，她觉得自己仍有竞争的权利。

她不想失去这么好的一个伴侣，决心要争取一番。一次她把仁德叫到自己的房间，明白地告诉他要谈双方的私生活。仁德支支吾吾地说："我已经有了雪瑞，我不能……""雪瑞是你的朋友，我也是你的朋友。我们西方的观念，是可以竞争的。我理解你，中国人感情很含蓄，道德感很强，我会尊重你们民族的习惯。"仁德知道，他的老师年轻漂亮、真诚善良、潇洒大方，他们之间也有很多共同语言，但是，他放不下雪瑞。雪瑞对自己的关怀照顾，对自己的依依爱恋，怎么能没有报答？如果没有雪瑞慷慨解囊，他怎么可能改变自己的生活和前途？怎么可能认识瑞琼？而瑞琼却是穷追不舍，她告诉仁德，他是在她最需要的时候出现的亲人，自己非他莫属。这让仁德陷入了两难境地。

我不知道怎么给这样的东西方文化观念碰撞下定论，结果可想而知，瑞琼得胜。两人冲动之下"生米煮成熟饭"。

仁德紧张地、歉疚地、忏悔地把这个结果告诉了刚刚从美国飞来的雪瑞，这个突如其来的事实把她搞懵了，真是世事难料啊！Oh,my God！她把自己关在李莎酒店的房间里，几天不出门，不吃饭，不见任何人。这可吓坏了酒店老板夫妇，妻子李莎红煮了咖啡端去客房，劝雪瑞要吃东西，别伤了自己的身子，并安慰她说要去教训这个表弟，让他回心转意。雪瑞喝了一口苦咖啡，对李莎红说："对不起，我让你们操心了，你们的心意我心领了，但是，我不是小孩，这事我自己会解决的。"李莎红还是把表弟叫来，狠狠地教训了一顿："你叫仁德，可是太不仁德了，上有天下有地，中间有颗良心，你摸摸胸口，这样做对得住自己的良心吗？"仁德对表嫂说："我错了，但是太晚了。"按中国传统观念，既然生米煮成熟饭，那真的就是不可挽回了。

又过了几天，憔悴的雪瑞打开自己客房的门，长长地舒了一口气，从房间里走了出来。她对李氏夫妇说："中国人结婚讲究缘分，我和黄大概是缘分不到吧。我依然会对他好，像姐姐对弟弟那样。"

这一场"三国恋"，连仁德的父母也觉得不可思议，自己的憨憨的儿子怎么会那么走桃花运！

父母为他们在家乡办了婚宴，用鞭炮将洋新娘迎进了村，穿着中国式唐装大红袍的瑞琼与仁德在那间泥墙瓦房里举行了婚礼。全村的人都来看热闹，叽叽喳喳，嘻嘻哈哈，好不欢乐！

说到这里，故事并没有完结。

婚后仁德随瑞琼回到英国，开始了他的第二次学业——

进入当地的一所大学，学习5年制的经济专业。

　　而在1996年春节前夕，雪瑞从美国来到阳朔，这次她是专程到义弟仁德的家乡阳朔县葡萄镇下岩村，去看望他的父母。仁德的表妹廖莲英领着她来到黄家，进门见到仁德的母亲，雪瑞就按中国人的礼仪拱手抱拳，用汉语："妈妈，我来给你拜年啦！"黄妈妈连忙答道："过年好！过年好！"接着转向莲英："这位稀客是……"莲英向仁德父母介绍雪瑞，黄妈妈一听这位就是资助儿子上大学读书的美国恩人雪瑞，慌忙作揖，连连称谢。雪瑞扶着黄妈妈说："不用谢了，仁德是我义弟，您就是我的义母了。弟弟远在英国，回不来过年，我替他给您老人家拜年！祝全家人身体健康，新的一年走鸿运！"雪瑞不远万里，从美国来到他们这个穷乡僻壤，着实让黄家人喜出望外，受宠若惊，还因为仁德感到惭愧。

　　雪瑞拿出礼物，其中一件羽绒服是送给黄妈妈的，她怕山里气候太寒，让妈妈穿上保暖。看着这么贴心的义女，黄妈妈又激动又感动，突然搂住雪瑞大哭起来，一边哭一边骂儿子没良心。莲英好不容易才劝住。全家人拿出当年招待过瑞琼的菜谱，围着火炉吃起了年夜饭。

大年初一来临，美国姑娘雪瑞在中国阳朔葡萄镇的农家里与义父母、乡亲们过了一个红红火火不平常的新年。她彻底释怀，再见仁德时，他们的关系发生了一个质的变化。

乡村图景

The

Charms

of

Yangshuo

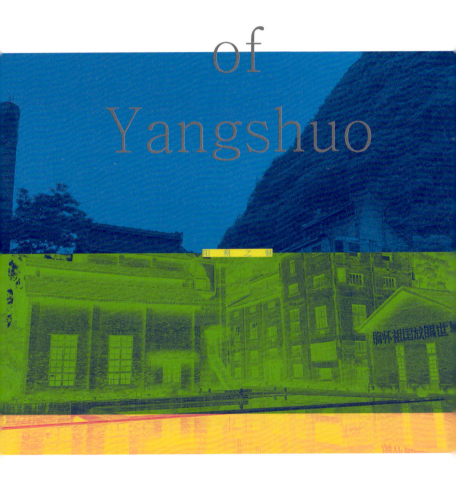

第三章　地球村美妙的民宿

美丽的金宝河也是漓江的支流

易亩田艺术酒店

凤凰山水尚境艺术中心

凤凰山水尚境·天空之镜

发呆酒店

阳朔云山雅宿酒店

阳朔青望酒店

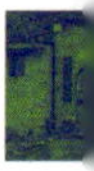

阳朔青山逶迤，
乡村，诗意田园
的有趣灵魂带来

碧水蜿蜒，如画

给这些万里挑一

多少梦想

幸福小城阳朔的奇妙，也在于此地的民宿。

虽然我们在这里说民宿，但我还是想把相比民宿更为"高端"的酒店也在此一并叙述，不再另立章节，敬请理解。

有人给阳朔的旅游住宿下了一个定义：民宿博物馆。

"好的民宿就是一个鲜活的小型博物馆，或让人看到一地的生活方式、风土人情，或让人看到传统的建筑之美，或让人看到主人的审美情趣、生活经验。它提供的不仅仅是一个歇脚之地，也是旅途中的一个家，为旅途开辟了一个新空间。"这句话说得很有道理。再探究，每个优秀的民宿抑或高端酒店，总会有一个或多个优秀的人物存在，他们有理想有灵魂，希望能够向世间传递一种美好的生活方式。阳朔青山逶迤，碧水蜿蜒，如画乡村，诗意田园，给这些万里挑一的有趣灵魂带来多少梦想！

坐拥人间天堂山水美景的阳朔，吸引了无数向往鲜活有生趣的旅途的人。且不说如今这么一块小小的地方就有两千多家民宿和酒店在经营，单说经营者的成分，就很有意思。你看，纯朴的本土农民、热情洋溢的县城市民自不用说，他们得到上苍赐予的这块宝地，定要靠它过好自己的生活啊。

让人诧异的是，最早加入经营者队伍的，竟然是一些外国客人，他们从法国来，从美国来，从遥远的荷兰、澳大利亚、南非来到这僻静的乡间，他们大多是来阳朔旅游的背包客，还有从东南亚的国家马来西亚、新加坡、印度尼西亚来的客商，这算是在改革开放后最早一批到中国经营民宿的老外。来自国内的经营者自然不少是外乡人，不仅有企业家，还有艺术家、辞职或退休的公务员、大学老师，更有一些没有很高的学历

来自巴厘岛的香樟华苹奢华品牌酒店有极好的私密性

背景，还是白手起家的励志人才，在这里演绎了一段自己精彩的人生。他们的到来和参与，给阳朔这个小小的地方带来境内外各地域不同的信息，丰富了阳朔的多元文化成分。

这里有乡村古旧民房的纯朴庭院；有村民的自住房装修而成的普通客栈；有西街上阳朔市民祖传房屋改造的饭店；有外国人将村子里废弃的土房接手改造，既保持了中国农村传统而又很有异国情调的小旅馆。其中有适合青年旅行者和家庭成员休闲的舒适小酒店，更有一些民间投资者及品牌酒店不惜花费巨额投资，设计装修得豪华舒适，且极有艺术氛围，已是四星五星级规格的酒店。

如此看来，阳朔的民宿，低、中、高规格和价位全都囊括，让不同需求的游客可以在这里得到满足。各式各样精致的民宿融入美妙的山水之间，把阳朔装扮得精彩纷呈，使人不能不驻足停留。

上世纪70年代开始，桂林便是第一批对外开放的旅游城市之一。境外游客怀揣着好奇心来到曾经与世界隔绝的中国。桂林以"山水甲天下"闻名世界，那是他们到中国要来的地方。除了政治中心北京、商务中心上海、古都西安，接下来往往就是桂林了。"阳朔风景甲桂林"，到了桂林，阳朔必定是他们景仰的目的地。

初到中国的外国游客面对阳朔有如世外桃源般美丽的山水欣喜不已，让他们更着迷的是这里的宁静与平和。他们对中国的环境、民众的生活和习俗也充满了好奇和兴趣。一部分来到阳朔的外国客人提出要到农民家里住。那时候农民家里没有多余的房间，没有多出来的床，这些外国背包客甚至

缦云酒店典雅中国风

缦云酒店时尚中国风

在这里，你可以纵情山水间

愿意用门板代床，也要住在农民家里。

记得十多年前，时任高田镇党委书记的黎培贵告诉我，那时，他们找到条件合适的农民家庭，帮助他们为外国游客腾挪好做旅舍的住房，特别叮嘱一定要安装配套的卫生间。

农家旅舍虽然简陋，但是农民的淳朴和热情好客，以及本地的风土人情让住下的老外感到很惬意，农民得到了意外的收入也是欣喜不已。阳朔的民宿就这样简陋地诞生了。

黎培贵曾经带我到遇龙河边，参观河边的一栋小房子，这是当年在阳朔独一无二拥有多元文化的民宿，他们把它叫作"河边小别墅"。

遇龙河是漓江的一个支流。我在漓江边长大，但自从来到这里，便被它独一无二的美丽吸引：河面不宽，清清的河水蜿蜒曲折，静静地穿行在田野陌间，犹若飘逸的丝带；水面倒映着一丛丛青翠的凤尾竹，高大葱茏的凤尾竹婀娜多姿，随风摇曳；两岸如碧玉之簪的山峰拔地而起，峻峭而又玲珑。山水美之精华都集中于此了，就算画家，也无法调动自己的想象力去构建这幅山水画，这就是为什么多少国内外著名画家都到过阳朔的缘由。不到这里写生，画家怎能画得出桂林山水？千百年来文人骚客的神来之笔写不尽它的妖娆。

那栋河边小别墅就依傍着遇龙河，原来是一个破烂的水泵房，经人称"阳朔民宿第一人"的陈秀英改造而成，只有五间房。在我的记忆中，这个小小的酒店装修得颇有情调，这在当时的阳朔绝无仅有，所以那是外国游客特别喜爱的住处，总是住满外国客人。那时，我也曾与友人在河边小别墅靠水的露台上喝咖啡，吃西餐，在河里泛舟。那个年代，你想象不到，在忙忙碌碌的工作中，能有一点时间在这样宁静的地方度过短暂的时光是多么美好的享受。

　　见到创建这栋别墅酒店的陈秀英已经是写此书的时间了，刹那间，时空已经跨越了二十多年。在交谈之间，我还是感受到她洋溢着的淳朴热情。陈老师眉飞色舞，滔滔不绝地给我讲述当年创办河边小别墅的缘由。我静静地看着她，心中泛起一种情愫，那是女性的感动和欣赏。陈老师历经岁月的磨难和坎坷曲折，她的理想却没有被磨灭，她满怀的激情也没有被消耗，这真是难能可贵。原来在那段热火朝天的日子里，她从一名英语老师到县人大常委会副主任，直到后来辞去公职，始终有一个梦想，就是如何引领阳朔旅游规范发展，开发阳朔的黄金旅游资源，带领阳朔人致富。那时候，来阳朔旅游的人基本不会在阳朔住宿，观光完毕就会离开。陈秀英太爱自己的家乡了，她知道，作为一个旅游目的地，阳朔一定要有好的住宿，否则是留不住人的。甲天下的风景也需

陈秀英和她的河边小别墅

要有配得上的设施。她决定做一个样板酒店，想到遇龙河边
有一个废弃的水泵房，何不把它利用起来？于是她煞费苦心
从各方面去做工作，好不容易才把这座小酒店办起来。一句
话无法说清她这一段时间的经历，常人自然想象不到，对付

143

处在还没完全开放年代的观念和阻力要付出多少精力与智慧，忍受多少误解和孤独！好在还是有支持她，和她一样想改变阳朔的人。

与陈老师熟络的一些老外对水泵房周围优美的环境、对这里的民风赞不绝口："It's so beautiful！"（太美了！）"It's quiet here."（这里很安静。）"The people are simple."（人们很淳朴。）他们喜欢这样的小酒店，创办初期热情地为她出主意。"河边小别墅"这个小酒店的店名就是一对英国夫妇取的，他们还为酒店画了一个漂亮的 logo（徽标）。这给了陈秀英很大的鼓舞，她唯一的愿望就是通过创办河边小别墅帮助阳朔民众做好旅游，带来各方游客。陈老师善于汲取新的东西，从理念到实践，都从外国朋友那里得到很多办酒店的启示。河边小别墅的创办，让阳朔的民宿走出了有多元文化的第一步。陈秀英的努力，从现在来看，还为如今振兴乡村的规划打下了基础。而外乡人的到来不仅带来了资金，也带来了他们的梦想，他们在阳朔这个极具包容性的励志天堂演绎着自己的精彩故事。

阳朔着实是会聚了一批有理想、有追求、有能力实现自

阳朔月墅酒店

己想法的人，本土人与外乡人、外国人，他们共同在甲天下的美景中创造了这个独一无二的人间美好家园，不能不引人驻足停留，络绎不绝的观光客让阳朔成为世界旅行者的目的地。

有人说："在阳朔开民宿不会是一件孤独的事情。有梦想的人就应该聚在一起，去完成更大的梦想。"有这样一批逐梦者，阳朔应该是如今乡村振兴的样板。

下面这几个关于阳朔民宿的故事很是触动我。

遇龙河畔的阳朔胜地酒店

阳朔胜地酒店坐落在遇龙河畔最美的区域，实在是令人向往的休憩之地。

胜地酒店的前身名叫"奥得克"，是外国人最早在阳朔开办的酒店，创办者是美国人 Chris。Chris 原只是打算办一个外资企业的培训基地。这个曾经在美国驻华大使馆工作过一年的年轻人，在首都师范大学学习了 9 个月中文之后去到广州，为做跨国的文化沟通，开办了一家培训公司，专为帮助外资企业的老板和外国官员了解中国和中国文化，同时帮助在外资企业工作的中国人了解西方企业文化。

1997 年喜欢攀岩的 Chris 与朋友来到阳朔，这里正是一流的攀岩基地，吸引了各方爱好者。Chris 来到阳朔后为这里的山光水色以及热情好客、纯朴的阳朔村民所吸引。他想，我们的培训总是在城市的五星级酒店，没什么意思，如果在阳朔这样美丽的地方做培训，除了培训课程，还有好看的风景、好玩的活动，学员一定更愉快，学习效果会更好，于是他开始了谋划。看到河边小别墅的成功，他找到陈秀英，请她帮忙，在河边小别墅旁边建培训基地。陈秀英觉得阳朔正是需要老外参与建设的时候，便十分热情地帮助这个后来取了个中文名字叫柏昆的美国人。

关于奥得克，关于胜地酒店传说很多，我决定还是要找到当事人 Chris。可是因为疫情，他滞留在妻子的家乡泰国清迈，已经两年没能回阳朔了。朋友把胜地酒店的店长小余介绍给了我。来到胜地酒店，我见到一个朴实的本地姑娘。她看上去像受过专业训练的职业经理人，我们坐在河畔谈起了酒店的往事。小余虽然年轻，可已在这个酒店工作了 18 年。我问她："你是怎么到胜地酒店工作的？"她说："我家就在月亮山下，高中毕业后，我去欧文校长的巴克兰学校学习了几个月的英语，就在西街的咖啡店做服务员端盘子。一天，朋友告诉我，河边有一个酒店要招经理助理，你可以去看看。我说，我水平不行啊。朋友鼓励我，你去试一下吧。于是我非常不自信地去应聘。

"后来我居然被录取了，陈秀英老师把我带来了这里，当时我非常激动。我什么经验都没有，Chris 就请专门的老师教我学习。"

"他为你请了什么老师呢？"

"第一个老师是澳大利亚人，经理约翰（John），他教我做表格，教普通的管理知识。接着是巴克兰学校的老师劳里（Laurie），他是加拿大人。劳里除了教我们英语，还做服务客户的培训。劳里回国后，Chris又请了一对德国夫妇为我们做服务和管理的培训。"

"这么说，你们的培训工作没有间断过？"

"是的。后来又有一个荷兰人给我们上课。我们这里有很多外国人来工作过，让我长了很多见识。"

"你们受到了很好的管理和服务的培训。"

"这只是其中的一个方面，我觉得这些外国老师给我们更多的是文化的熏陶。"她说。

"怎么说呢？"我问。

"说件很小的事。有一次，我们把两个餐厅之间的一堵墙拆了，留下很多粉尘。约翰叫我拿吸尘器把粉尘吸干净。我们农村人不习惯用吸尘器，觉得用水冲洗更干净，就没按他的要求做。等他从外面回来，问我：你用了吸尘器吗？我

傍着遇龙河的胜地酒店

在这里惬意地聚会

从酒店看美丽的遇龙河

洁净的餐厅

不敢说没用，就说用了。他看着我的眼睛，又问一次：用了吗？我这才老实地回答：没用。

"他说，为什么我知道你没有用？你看，这木头之间缝隙的粉尘还在，如果你用了吸尘器，会吸得非常干净。那时候我羞愧得简直抬不起头，不敢看他的眼睛。虽然是一件很小的事，但它告诉了我们工作中要注意细节。类似这样的细节，让我学到很多东西。

"我们酒店生意很好，但是房价一直保持稳定，没有上涨。有人说，这么好的环境，应该重新装修，把房价涨到一两千元，说我们老板不会做生意。但老板坚持房价不上涨，让客人住得起。他心态很好。"

"你们酒店有多少员工？"

"30多个，都是本地人。疫情这段时间我们没有裁员。"

"没有生意还要发工资，太不容易了。"

小余给我的印象很好：身着酒店的职业套装，温文尔雅，彬彬有礼，谈吐不俗，服务很专业。不知底细的人会以为她是旅游学院的毕业生。而她，就是从月亮山下的一个农村女孩成长起来的，没有在阳朔以外的地方工作的经历。

胜地酒店创办者美国人 Chris

"你可以与 Chris 联系，他讲得更清楚。"小余对我说，这正是我所希望的。

小余征得了 Chris 的同意，把他的微信推送给了我。在通信如此方便的时代，我无须更多花费，与 Chris 用微信通了一个多小时的电话。

我首先问 Chris："传说你是克林顿总统访问桂林时的随行翻译？"

对方笑了："当时我是广东美国商会的会长，克林顿总

153

统访问广西时，美国驻广州总领事馆安排我参与协调总统和记者的见面活动。我是一个志愿者而已。总统出访只有一个翻译，水平非常高的。我没有这么高的水平。"这是一个诚实的人！

"原来是这样。那你是怎么想到来阳朔做酒店的？"我问。

Chris答道："我特别喜欢遇龙河，最初也没有想做酒店，只是想把广州的培训工作放一部分到这里。那时候，这里一个客栈都没有，外国客人找不到地方住，把培训基地变成酒店是顺应自然了。

"我特别高兴的是在阳朔的工作一直得到政府的支持，比较顺利，什么潜规则都没有。这也要感谢陈秀英老师。"

"国内很多游客也喜欢到你这里住啊，我也住过。你们的服务很好，给人很温馨的感觉。"我说。

"那时候很多人说我们是五星级农家乐，我不喜欢这么说。"他在电话那头笑了。

"你的酒店用的几十个人都是阳朔本地人，他们都没有受过专业训练，怎么能达到你的要求？"我问。

"阳朔人很好的，员工是白纸一张，我可以通过培训，让他们学会要做的工作，让他们懂得环保的重要性。我还会带他们到境外参观，游玩，回来以后大家一起谈谈，我们可以做什么，怎么做。有时候他们做得很好。我希望他们有自信。若是失败，那是我的责任。

"以人为本的策略是软件，从商业角度来说，投资软件才是正确的。很多人会重视投资硬件而忽略软件的建设，那不对。训练有素的人才是我们的优势。"他继续说。

我明白了为什么农村女孩小余会显得那么专业。

"所以你们的员工不会流失，小余就在这里工作了18年。她说，在这里感到很幸福，就是因为你这个老板是以人为本的。"跨国的微信电话，声音与普通电话一样清楚。

"你的酒店有一个残疾员工赵春丽，人们叫她玻璃女孩。你给了她很多的帮助？"我继续问。

"春丽虽然残疾，但她是个聪明的女孩。1998年克林顿总统来阳朔，去渔村参观，到过她的家。但是她父母让她待在楼上，不放她出来。后来我的父母到阳朔看我，我也把他们带到克林顿总统去过的渔村。那次去看到了春丽，我就想帮助她。

"她没有受过教育，也没有出过门。我想让她去我的酒

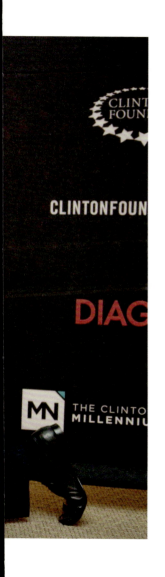

店工作。征得她和她的家人同意后，我就安排了一个老师去她家，给她培训了六个月，然后租了房子，把她和她的妈妈接了出来，继续培训。她英语学得很快很好，一年之后胜地酒店营业，她就可以在前台与客人用英语交流了。"

"听说春丽去过美国治疗脆骨症？有人说是得到克林顿总统的邀请？"这是我一直没有得到准确答案的问题。

"我给克林顿总统写了一封信，说我想帮助总统在渔村参观时没有见到的这个残疾女孩。总统说，如果你和这个女孩到纽约，欢迎到我家来做客。我帮助春丽去了两次美国就医，但是她的病症属于晚期，治疗效果不好。"

克林顿总统在纽约接见赵春丽

春丽在为一个德国客人解决遇到的问题

"春丽现在阳朔县城生活，结了婚，领养了一个孩子，生活很幸福。真要感谢你！"我已经从小余那里知道了春丽的些许情况。

"她现在还为酒店做一些网上的工作，我们还会付给她基本工资、电话费，以及她母亲的养老金和女儿的学

在纽约为残疾人募捐的晚会

费。" Chris 说。

"你帮助这个玻璃女孩改变了人生。为你点赞！"

结束这次通话，我非常感慨。我看到了一个闪耀着人性光辉的灵魂！

有两处遗址的阳朔河畔酒店

河畔酒店所处的位置可以看到遇龙河最美的河段。这是不能不去的所在。

阳朔的魅力在于山水的静谧，田园的诗意。来到河畔酒店，沿着院子的小路行至河边，似乎阳朔最惊艳的一瞥温柔地呈现在了你的眼前：清清河水微波静流，两岸婀娜多姿的翠竹凤尾般在微风中摇曳。对岸远处群山黛色，近处一座形状漂亮的山，名副其实叫"美女梳妆"，群山倒映在清澈的水面，真个是"群峰倒影山浮水，无山无水不入神"。河面上从远处漂来一竹筏，乘筏者和艄公十分夺目的橙黄色救生衣点缀在青山绿水之间。

河畔酒店隐藏在绿植之中，在遇龙河上漂流的游客途经此处时，往往意识不到这里还有一个不小的酒店存在。人们只有从航拍中才能够看到这个坐落在遇龙河最美地段酒店的全貌。这源于酒店创办者的环保理念。前傍清澈江水，背靠山崖陡壁的酒店，对岸农舍稻田，连绵秀美山色，好一派田

阳朔河畔酒店

千年码头青厄渡　　　　　　　　　　　潘庄遗址

园诗境！河畔酒店的创建者在酒店的布局上，最大限度地保留了址内原有的生态植被，保持了遇龙河诗境家园宁静的原始状态。

河畔酒店的大院里有两处遗址：一是将近百年历史的潘庄；一是青厄渡，这可是有 1000 多年历史了。

20 世纪 30 年代，桂系的重要人物、国民政府行政院经济部次长潘宜之因为太喜爱遇龙河美景，曾在此修建一栋别

徐悲鸿作品《漓江春雨图》

墅，为二层西式楼房，命名曰潘庄。抗战期间，潘庄门楼宾客络绎不绝，这里数次接待过周恩来、李宗仁、张大千等历史风云人物。1935年至1942年间，著名画家徐悲鸿更是多次长居于此，其间创作了《漓江春雨图》和《青厄渡》等一批著名的画作。

潘庄的小楼如今已不复存在，河畔度假酒店院内小楼的遗址，只剩下房屋的基石在诉说着历史的过往，感叹岁月的流逝。离小楼遗址不远，就是阳朔最古老的码头青厄渡，这个渡口是1000多年前修建的，多少年来一直是对岸高田镇农民去往阳朔县城的唯一通道。徐悲鸿的写生名画《青厄渡》描绘的正是这里的风光。现在青石板铺就的码头依然保护得很好，与清清的河水、翠绿的凤尾竹浑然一体。

徐悲鸿一生中创作的山水画极少，《漓江春雨图》和《青厄渡》两幅作品是其山水画代表作（现今分别藏于徐悲鸿纪念馆和故宫博物院），弥足珍贵。作品以中国水墨写意画的手法，通过水墨的渗透，营造漓江空间迷蒙清幽的气息，这与西方印象派绘画的手法有异曲同工之妙，也是中国画的一种创新。

美丽的漓江山水成了画家漂泊岁月中的安身立命之所。他一生从来也没有如此炽热奔放地投入自然的怀抱，饱览它的秀色。他暂时忘记了生活的磨难，扁舟江上，杂入渔人队伍，渴望着做一个"阳朔天民"。

徐悲鸿在桂林、阳朔的经历，无论对他还是对这座城市，都有重要的意义，他对桂林乃至广西艺术发展的影响，深刻而长远。

酒店沿着河畔摆设了桌椅，供客人喝咖啡，或休闲观景，

东南亚风格的建筑

陶韬滔滔不绝

在竹筏上嬉戏的游客

或与朋友聊天。这等享受怎能错过?

我们几人落座,开始叙谈阳朔。座中一位是酒店客房部经理陶韬,让我喜出望外的是,他恰巧是对岸高田镇人,又在河畔酒店工作了十多年,可以讲出这里多少故事啊。而陶韬没有讲故事。他从河畔酒店保护环境讲起:"我们的老总不想有负苍天对阳朔的厚爱,把环境保护的重要性想得比较明白,明白不能破坏环境的道理。酒店一开始就建了独立的污水处理厂,24 小时监测不间断。监测报告直接上传自治区。2006 年在阳朔,这是唯一有污水处理厂的酒店。"

　　"我小时候生活的高田，是真正的诗境家园。遇龙河水清澈见底，河边有水车，两岸的稻田春天绿波荡漾，秋季一片金黄，非常漂亮。"陶韬的一番话唤醒了儿时的记忆，他激动起来，"现在农民不种庄稼，农田荒废了，哪里还有诗境家园？"

　　"农田荒废了？"我还没转过弯来。

　　"那些地用来做停车场，收入比种田高多了，还没有种田那么辛苦。"

　　在座的桂林旅游学院原副院长张文祥插话说道："阳朔不能失去田园环境。我为此曾经写过一篇文章《论桂林山水中田园环境的审美意义》，发表半个月后，《人民日报》海外版就转载了，那是1986年。"

　　"这需要管理，要有政策规定，不许荒废农田。"

　　"田园保护不好，阳朔风景会失去很大的魅力。"

　　很有意思，我们的休闲聊天成了一个阳朔环保的讨论会。都想做"阳朔天民"，谁又能不关心阳朔呢！

格格树饭店和陈荣华

我很早就知道格格树饭店，这个饭店开办不久我就慕名去过，只是去参观。那时候路还没有修，经过曲曲弯弯的乡村小路，找到这里要费点劲。记得 2006 年，纽约大学出版中心主任罗伯特与科学出版社张炬主任造访接力出版社，我陪他们到阳朔一游，特别带他们到格格树饭店参观。罗伯特饶有兴趣地与饭店主人——一对荷兰夫妇聊了好久，还抱了抱他们几个月大的婴儿。后来罗伯特问我：你怎么会知道这里？言下之意是这里那么偏僻。我说，你要知道，我是桂林人啊！其实，我也是特别好奇，为什么一对年轻的荷兰夫妇会在这么偏僻的村子开办酒店。

卡斯特和波琳是这对夫妇的名字，他们早先在荷兰从事导游行业，曾经多次带荷兰旅游团到阳朔观光，夫妇俩和他们的游客都非常喜欢乡间的阳朔。

上世纪 90 年代阳朔的旅游慢慢旺了起来，生活渐渐改善的农民搬进了新房，闲置下来的老房子多被拆掉了。那些年，

格格树饭店的小院

卡斯特和波琳带着自己的旅游团队来到阳朔，这里的青山碧水让外国游客们迷恋，乡村纯朴的风土人情，还有那些用青砖泥瓦建造的传统农村房屋，都让他们喜欢不已。一次，年轻的卡斯特夫妇见到矮山门村里有很多座废弃的老房子，虽然是泥墙，但是他们非常喜欢这种中国乡村味道，习惯市场操作的卡斯特便萌生了想法：利用这些村里无人居住的老房子改建成民宿，让外国游客在这里居住。他知道，那一定是

外籍游客特别喜欢本土风格的建筑

能够赚到钱的。这也是国外民宿通常的做法，供游客休假的
酒店很多都是用废弃的房屋改建。两人决定，不做导游了，
就定居阳朔办个酒店，接待外国游客。经过一段时间的努力，
卡斯特与当地村民达成协议，租下了十多间用泥砖砌成的房
屋，按国外民宿的理念改造成一间间舒适的客房，把原来的
过道围成了一个院子，门与窗都漆上标志性的蓝色。还没进
入院子，那蓝色的圆形拱门就让人眼前一亮，院子里摆设的

格格树的蓝

餐桌也漆成了蓝色。一个房间改成的餐厅装上壁炉，在寒冷的冬季，柴烧的壁炉温暖着用餐的客人。一时间让人简直不敢相信，那些破败的泥墙房屋变成了别有风味舒适的旅馆！

　　房子的门前有一棵 300 年历史的老樟树，清风吹拂，老树上的枝干摇曳，树叶发出咯咯的声响，像一个老者的笑声。卡斯特觉得很有趣，为这个小酒店取了一个象声名字——格格树饭店，门前蓝色的招牌还有一个有趣的 logo（徽标）。这么一装饰，周围环境都大变样了。酒店开业后，生意兴隆，总是住满了外国游客，一队队大大小小、老老少少的外国人骑着自行车在乡村小路上随意地穿行，给阳朔乡间风景增添

格格树的标志

了别样的诗意画面。

这样不花大价钱的民房改建让当地的农民大吃一惊，原来要拆掉的破房子还有这么大的作用！原来不用的东西是可以不废弃的！卡斯特夫妇给这里的农民第一次传递了潜移默化的环保理念。格格树饭店成了阳朔民宿的一个样板，这对年轻的荷兰夫妇是阳朔最早利用废弃乡间房屋改造民宿的那批人中的典范，他们可算是阳朔民宿博物馆的功臣。

卡斯特夫妇在阳朔做着自己本分的工作，此间生了一个可爱的儿子，爱心又让他们夫妇收养了一个尼日利亚的黑人男孩，两个可爱的孩子在乡间慢慢长大，他们与村里的孩子一起玩耍，讲汉语（比父母讲得好很多），还会讲阳朔话。想象一下，一个白皮肤孩子，一个黑皮肤孩子，和一群黄色皮肤小孩说着共同的阳朔话，一起在田野陌间打闹嬉戏，这不是地球村又是什么？那场景一定是有趣的。就这样，一家人在这里快乐而又惬意，他们已经融入了矮山门村的生活。

斗转星移，经营格格树饭店 11 年的卡斯特夫妇遇到了难题——孩子在中国上学压力太大，东西方的文化差异让他们不得不做出万般无奈的选择。为了孩子的学业，2017 年他们依依不舍地告别这个念想的地方，返回了荷兰。

那么，格格树饭店后来怎么样了呢？朋友告诉我，有老板接了盘。我想，什么样的老板接下格格树饭店能够经营得好？这个饭店过去基本是做外国人的生意，现在还会有境外游客住店吗？

2021年的一天，时隔十多年，我又来到格格树饭店。进入院子，我首先要看的是，换了主人，格格树的风格有没有变化。我高兴的是看到一切照旧，蓝色的门和窗框依旧闪着亮光。

见到现在的饭店掌门者，原来是个敦实的年轻人。约好的采访就此开始。这次的交谈让我很开眼界，真真实实地看到了在一个完全没有家庭背景、人脉背景、学历背景的人身上的成功之路。"英雄不问出处""寒门出贵子"的说法似乎并不受古今岁月所限。这个叫陈荣华的年轻人在与我自始至终的言谈中，说到家庭的艰辛、父亲的病痛、创业的困苦时，没有戾气，没有悲凉，没有哀伤，甚至没有一句抱怨，只有充满梦想的激情和克服困难的精气神。人们说他是一个充满阳光的大男孩一点也不假！

陈荣华开始了创业生涯

　　他从四川绵阳梓潼县的农村走来，家境贫寒，父亲在他 4 岁时突发重病不能自理，沉重的家庭负担落在母亲一人肩上。艰难的日子使陈荣华和姐姐只能勉强读到初中毕业。尔后，16 岁的陈荣华有了第一份工作：去餐厅给厨师做助手。少年陈荣华虽小小年纪，但凡事用心，很快就学会了做川菜的手艺，没想到，这门手艺后来开饭店还用上了。他的外国客人特别

陈荣华带客人到农家亲自做川味回锅肉

喜欢吃他做的四川名菜回锅肉。告别第一份工作后，他进了一家食品厂，在厂里学会了酿醋、做酱油、做豆瓣酱，18岁时在这个厂当上了粉丝车间主任，又做过市场营销部营销员。幼时陈荣华就跟随表哥习武，无论环境怎么艰难，他都坚持练习太极拳。这种磨炼意志的运动，给了他极大的收获。

少年时期的艰苦历练让他后来受用无穷。2022年他在给

陈荣华为外籍游客导游

广西师范大学大三学生演讲时诙谐地说："我比你们幸运的是，早你们三年就进了大学。你们知道我上的什么大学？""社会大学！"一部分学生大声回答。"还有这种大学？"也有学生摸不着头脑，小声说。

从1999年底，陈荣华跟随表哥来到阳朔之后，他的精彩人生便开始了。这期间他当过保安，做过饭店行李员、前台接待员、旅游服务部经理。每一项工作他都做得很出色。

我问他："你怎么会辞掉在当时来说相当好的百乐来酒

就像温暖的家

店的工作？你是怎么学的英文？"那时候，百乐来酒店在阳朔是唯一的国际饭店，80%住的是外国人。外国领导人来阳朔大多住这个酒店，陈荣华曾在那里得到很好的待遇，挣到的钱让他在四川老家的父母得以度过艰难的日子。

我似乎问到了他的兴奋点，陈荣华一连串的回答让我兴趣盎然地倾听：

"我刚到阳朔的那几年，西街每天的外国人比中国人还多，漫步西街就有置身国外的感觉。外来人若想在阳朔找一份待遇理想的工作，招聘书的内容里一定会有一条：会英语者优先录用，工资面议。这就激发了我一定要学好英语的热情。那时没有钱买书，就让父母把我的初中课本寄来。复习课本里的单词，懂得意思但是开口不会说，更不会与外国人交流。

"正好我到阳朔前一个月，李阳老师在阳朔做了一场1000多人的大型疯狂英语演讲，他在阳朔的英语教学活动把阳朔学习英语的气氛推向了高潮。我虽然没有赶上这场活动，但是在阳朔，李阳离开后人们学习英语的热情一点没有消退，这也推动了我。当时我没有钱买书，只好向朋友借书学英语。我借的第一本书是李阳写的《脱口而出》，读的第一篇文章——《我的誓言》，里面的每一句话都让我刻骨铭心，其中的'Enjoy losing face, Just forget about your face！ Don't give up！ Just try your best！（不怕丢脸，忘记面子！不要放弃！尽力而为！）'这段英文至今我仍然可以倒背如流。它一直激励着我坚持勇敢前行，不怕失败，永不言弃！

"我租的房里，墙壁、床头、厨房、洗手间每天会贴上一两张纸条，写上当天要学或要练习的英语内容。工作完毕回到房间，无处不见的英语迫使我不断练习！冬天早上，天刚亮我

我的誓言

加拿大 James 老师给格格树员工培训西餐服务

就跑步去龙头山码头，冬泳半小时后就用李阳老师的'三最法'大声地喊英语，坚持天天喊，三个月后，我的口腔肌肉完全适应了纯正流利的美式英语。就这样，我用一年多时间坚持学习，练好了英语口语。

　　"后来，我利用工作之余，开办了英语口语培训班。当时开了三个班：小学生班、中学生班，还有一个班的学员是在北上广大公司做外贸的白领。成人学员大部分笔试都过了八级，但口语不行。我算是现买现卖，因为我觉得教学生也是最好的学习方法，经济上还有回报，一举两得。

年轻漂亮的游客

　　"我的英语写作是通过与外国朋友发邮件的方式来练习的。那时只有在网吧才能上网，2元1小时。记得我写给一位外国朋友的第一封邮件想了大半天，用了好几个小时，花了我几天的伙食费，才写了几句很简单的问候。虽然我写的只是简单的几句，可十分热情的外国朋友却回复我很多内容，除了问候，还谈到他的生活、工作情况。我就用他写的语句给下一位外国朋友发邮件。就这样，我天天坚持给不同的外国朋友发邮件交流，从他们回复我的邮件内容里我又不断模仿和学习，两年后，我的英语写作能力达到了可以直接和美国的一家私立学校签订合作协议的水准。因为英语口语过了关，我经常受聘为阳朔县委县政府领导与外宾交流时的翻译。"

啊！这难道不是一个活生生的发生在阳朔的"有志者事竟成"的案例吗？相比"躺平"，这样的辛苦是不是更有人生价值？

陈荣华从 2002 年开始当英语导游。他一如既往，细心周到的服务获得了外国游客很好的口碑，多年的导游生涯让他有了更多知识的积累、见识的开阔，以及资金的积蓄。陈荣华有了更大的理想。他从导游的经历中发现了客人的需求，引发了创建民宿的兴趣。

他说："常规酒店里客人的体验只是很单纯的休息睡觉，我想，客人到阳朔更多会在意对中国，对本地文化内涵的体验，这样的旅行才真正有意义。

"我决定开一家富有多元文化的民宿。2009 年我利用做导游时的积蓄和向亲友借的钱，在遇龙河边的夏棠村租下了一栋 4 层楼的民房并开始装修。白天我要坚持做导游，晚上回去才能和工人沟通装修工作。为了省钱，很多装修的活比如刷油漆和挑、扛之类的苦力，我都是自己干。由于没有经验，花了两年半的时间才装修完毕，起名'水云阁'，2012 年 3 月正式开业。因为做导游，回头客非常多，所以一开业生意都爆满，半年后在全球最大的旅游平台上，水云阁居然在桂林地区民宿酒店行业中客人好评排到了第一名，从此，水云阁的房间几乎都要提前好几个月才能订到，而且全年几乎没有淡季。

　　"2014 年 7 月我又在遇龙河骥马村开了第二家店——阳朔红楼梦民宿；2017 年 5 月第三家店——阳朔墨兰山舍古建文化酒店也在遇龙河骥马村开业；2017 年 9 月接手了格格树饭店。卡斯特夫妇不舍自己花了心血建起来的格格树，不希望将来它会面目全非。出于信任，他们把格格树转手给我，而拒绝了出价比我高得多的老板。卡斯特一家留恋格格树，对阳朔情感很深，疫情暴发之前，每年都要回到阳朔住一个月。看到格格树在保持原有风格的同时，经营稳定，设施改造得更好，住在自己原来的套房里，一家人开心得不得了。

"2018 年底，我又与人合伙开了第五家店——相公山云山雅宿摄影研学基地，2021 年 5 月第六家店——阳朔归宿溪山上舍也开业了。2020 年 10 月我被广西民宿协会评为广西民宿行业领军人物。"

我问陈荣华："你觉得自己的成功最主要的原因是什么？"他不假思索地回答："诚信！再就是阳朔这个非常特殊的地方，阳朔人厚道，不排外，政府支持，给了我极好的平台。我感恩！"

陈荣华还具有传统中国人的善良和吃苦耐劳的精神，这是他成功的基因。

想起被誉为日本"经营之圣"的稻盛和夫的话："勤奋工作，满怀感谢之心，思善行善，真挚地反省，严格地自律，在日常生活中不懈地磨炼心志，提升人格。这就是人活着的意义之所在。"

这就是真正的成功之士！

传奇的"疯子"和他的秘密花园

嗨，美丽而又神秘的遇龙河是一弯流淌着无数故事的清水，听了秘密花园主人的故事，你自会判断。

那么，这个酒店的店名是不是让你感觉浪漫又神秘？会联想到《韦特伊莫奈花园》那张名画，或是想到美国作家伯纳特夫人笔端流出的治愈心灵的故事书《秘密花园》？

这个酒店在阳朔的旧县村。

旧县村可不是一个平常的村子，它的历史可以追溯到1400多年前。距离村子不远，是唐朝时期归义县县城遗址。时光荏苒，如今这遗址上只剩下800多米长的土夯城墙和一口镌刻着繁体楷书"守旧"二字的古井。归义县只存在了七年，然而得名于古城遗址的旧县村却繁衍着，成为遇龙河边一道独特的人文景观。村里出过一位举人叫黎启勋，他的后人黎行恕是一位抗日将领，为国立下了功勋，村头树了一块石碑以为纪念。旧县村的房屋大多是青砖灰瓦马头墙，正门用大理石砌筑，坚固牢靠，具有官宦人家的气韵。屋内的门窗各

类构件上，都精雕细刻了各种动植物。另有一些石刻，栩栩如生地镌刻着祥云、龙、凤、狮子以及花鸟鱼虫等吉祥图案。

　　一个来自南非的英国人伊恩看到这些中国南方独特的人文景观，他走不动了，驻扎下来，租了6栋农民祖传的房屋，开办这家酒店，接待了许多来自西方的旅行者，成了传递东西方文化的民间使者。

　　伊恩是个传奇人物。他毕业于南非一所大学，学了6年建筑设计专业，可是从事设计师职业仅两年，不拘一格的天

百年房舍如何变成一座花园酒店

性便让他开始了浪迹天涯的世界之旅，或做旅行团的领队，或做自由自在的独行侠。游历了 30 多个国家之后，他那疾驰的脚步停在了阳朔。

在伊恩到来之前，旧县村就是中国一个普通的农村，狭窄的土路雨天泥泞不堪，他倾情的那些房屋也都破败失修，生活好起来的农民都不愿意住，他们觉得这些屋子已经没有什么用，等着拆掉。而在南非设计师伊恩眼里，那些砖瓦及构件太漂亮了。在他就读的大学设计专业的教程里，有中国传统建筑的内容，如庭院、四合院等，已经给年轻的伊恩心里留下了种子，现在真切地见到古老而又神秘的东方建筑，他兴奋不已。伊恩不顾一切，倾尽囊中所有，租下 6 栋百年的清代民居，用了 8 年的时光将这些民居修复。更让人不能相信的是，修复这些房屋，都是伊恩用自己的一双手完成的，有时候一天要干 18 个小时的活。也有村民偶尔会帮助他，和他一起干，但他的所作所为村民们看不懂，完全不理解他，就给了他一个诨名"疯子"，因为伊恩的谐音，也有人叫他"疯子鹰"，殊不知他还很喜欢这样的称呼。于是疯子之名就传开了。他是现在为数不多的还继续留在阳朔生活的老外中的一个。

秘密花园的店长小陶为我约了伊恩。这天，我们在会客室见面，他准时等我。长方形的小会客室一派南非风格，墙的一面挂了曼德拉的画像，长的墙面是南非标志性的风景画——桌山，另外的墙上挂了一面南非的国旗，还有南非风格和阳朔风格的抽象画。这些都是伊恩的作品。他说，他从小喜欢画画，学设计也是因为对绘画的爱好。我指着墙面的桌山告诉他："2000 年我去南非参加过一个国际儿童图书会议，也上过桌

秘密花园由此进入

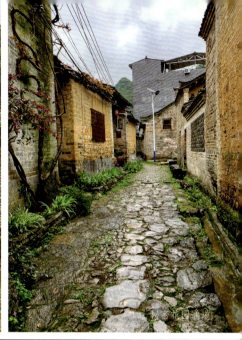

秘密花园通道

秘密花园夜景

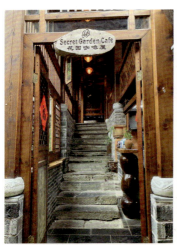

这些装修都是伊恩以一己之力完成的

山。"他笑着说："啊，我都没有上过桌山呢！"来阳朔20年，"疯子"中文已经讲得很好了。

幽默风趣的伊恩侃侃而谈，给我讲了他的经历，他为什么来到阳朔，为什么会建秘密花园，他是怎么和村民相处的。言谈中我常常禁不住哈哈大笑。谈到秘密花园的6栋老房子，他说："我原来没有想做酒店，也没想赚钱，只是觉得这样的房子很好，我要租一间自己住。后来看到这些漂亮的房子很破，我想保护这些古老的民房，不能让村民拆掉，这样才做起了酒店。"其实做这些事情是极不容易的，我觉得伊恩最难能可贵的是，为了完成自己赋予的使命，他居然破除了东西方文化的隔阂，与村民亲密无间地和睦相处着。小陶说，他无论走到哪里，村民都会和他打招呼："疯子，你去哪里？""疯子，吃了饭没有？""疯子，你回来了？"他经常和村里的年轻人一起吃饭，喝酒，无拘无束地谈天说地。秘密花园在建时，建好开业后，都曾出现一些问题，和村民会产生一些矛盾，伊恩从不把这些问题、矛盾留过夜，他会马上去沟通、解决，让村民心里很爽快。村里的红白喜事伊恩都会去参加，也拿钱凑份子。村里人家有孩子出生、孩子满月酒，他一定带着红包去热闹一番，让主家觉得很有面子。我笑他："你的情商真高啊。"他说："你可以说，阳朔风景漂亮，天气好，阳朔的菜好吃，什么螺蛳酿、辣椒酿、豆腐酿，我都很喜欢。但是，你在哪里生活，人是最重要的。刚来时我不会讲中文，但是在这里很多人都会讲英语，语言没有障碍，真的很好。我一个外国人搬到农村来，大家都欢迎我，叫我'兄弟''叔叔'，一起吃饭，喝酒。我感觉我的老家就在这里。我爱他们，我爱这样的生活。我去过那么多地方，最喜欢阳朔。"

"这个村里有两个姓氏，姓黎和姓毛。我进了毛氏祠堂，取名毛疯子。黎家人问我为什么不姓黎，我就说，我还没有结婚，黎家的姑娘比较漂亮，我姓黎的话，以后就不能娶黎家姑娘了。"他就是这样一个幽默风趣的老外！

我问伊恩："我可以去看看你住的地方吗？""当然可以。那里原来是一个村民不用了的牛棚。"我已经听说了，这正是我好奇的地方。我们离开秘密花园，沿着村子的小路，来到他的屋前。大门口搭建了中国传统的三角形屋檐，门前种了绿植，还有一对石狮子。屋里小狗听见了主人的脚步声高吠起来，他打开门，轻抚着迎上来的小犬。我放眼看这座屋子，

伊恩眉飞色舞地用中文给我讲他的故事

一个人把牛棚改造成这样的住房

秘密花园的装饰

伊恩参加村里的娱乐活动

怎么也与废弃的牛棚联系不起来。墙砌得很高，空间宽敞，中间搭建了一层卧室，传统的木梯把一层的厅堂和二层的卧室相连。墙的四周用各种木质花框装饰，也挂了主人自己的画作。厅堂正中是木制的旧桌椅，色彩已经发白，桌面也是一个木花框。屋子里陈列的瓶瓶罐罐都是别人不用不要的，还有一些是从废物堆里捡来的老旧物品，也有村里的朋友相送的旧物。但是，一切都让人觉得很有情调。

伊恩放下小狗，对我说："这个房子是我一个人建起来的。我不用别人帮忙。"我特别惊讶："房子那么高，你一个人怎么做？"他把施工过程说了一遍，有些专业名词，我还是没听明白。"你怎么会建这么个住房？"他答道："我看到这个不用的牛棚，就有了想法，对它的主人说，我想用这里做我的住房。小伙子很吃惊，说，你可以随便建，不用付钱。我说，不行，我们得签一个协议。你去问你妈妈要付多少钱。"

"村民常常说没有钱，我做这间房子也是想告诉村民，有些事你可以不用花多少钱就能够做好的。"

这样的言传身教，我也真受感动了。

经过了三年新冠疫情，今年伊恩得以回到南非与年迈的父母团聚。一家人脸上都洋溢着笑容

月舞与云舞

金宝河是阳朔境内漓江的第二大支流，它虽美丽不逊于遇龙河，但知名度却远不及遇龙河，如此便为民宿的开发者留下了一席理想的发挥之地。

河边的月舞酒店经营了十多年，云舞酒店开办则只有六年的时间。月舞曾经是外国游客最喜欢的乡村民宿之一，后来者云舞则是网红打卡酒店。疫情期间的阳朔，虽然没有新冠病毒肺炎患者，是风险最低的地方之一，但是依然没有什么游客。现在我来到这里，在院子里坐着，听到的只有潺潺的流水声和鸟儿欢快的鸣叫。

月舞酒店是阳朔最早有外国人参与经营的民宿之一。

在广州一家美国公司工作的东北人李林，是一个很好的投资者。从2000年起他多次到阳朔休假，相比喧嚣闹市，他觉得这里很放松，非常喜欢民宿的形式。李林原打算随公司到美国工作，于是来到阳朔，在有二十多个外国教师的卓越英语学校突击英语口语训练。在阳朔待的时间久了，阳朔好

月舞与云舞酒店

在竹林与农田之间

罗兰

的环境和发展的时机让他放弃了去美国的打算，留在阳朔投资，开办了月舞酒店。在国际上知名度很高的阳朔，那个时候外国客人很多。他说："我开办月舞是作为一种投资，当生意做的，就想做外国人的生意。当时在乡下的几家酒店，都是外国人开办的，中国人的酒店比例很小。

"作为投资人，我没有参与经营，在这里感受更多的是与合伙人，与同事，与房东，与邻居，与当地农民的生活。我们在这里做过一些很好的事，比如，花钱在自己的地段做村子的垃圾场，解决了村民往河里扔垃圾的问题；给村里小学一些捐助，请外教给学生们免费上英语课；帮助村里建农家书屋；等等。我在这里体验了一种新的生活。时间长了，自己感觉已经融入了村民之中，是村子里的人了。

"月舞做得很成功，这是荷兰人罗兰的功劳。罗兰是我在卓越英语学校的老师，在西街开了一家咖啡店。我经常在他的店里喝咖啡，我们成了很好的朋友。当时到阳朔旅行的老外很多，我决定在阳朔做民宿，就想请罗兰来打理酒店。他熟悉西方游客的要求，会按照这些要求来经营酒店。譬如，西方客人喜欢很乡间的、在中国人看来很土的装饰，他们愿意了解中国，酒店就应该有中国文化的特点。月舞就是这样建造的，也是在原有房屋的基础上改建的。

"罗兰接受我的邀请是很高兴的，他还提出愿意投一部分资金，也做一个股东。他成为合伙人，这当然是再好不过的事。

"罗兰工作很投入，他与村里的农民相处得很好，还会说阳朔话。像秘密花园的疯子鹰一样，农民家里的红白喜事他都会去，也凑份子。村里人特别喜欢他，感觉罗兰非常尊重他们。

"罗兰是打算在阳朔定居的。他在这里与中国女孩结了婚，买了房子，还办了幼儿园。

"月舞开办后的五六年，酒店专注做好服务，生意一直非常好。"

"新冠疫情三个年头了，你觉得压力大吗？"我问。

"每个月都六位数在亏，压力当然大。我们是一个团队在工作，单是人工成本就很高。而这份工资，对员工很重要啊！我们尽量熬吧，支持这个团队挺过去，即便贷款也要坚持。"听他这番话，我心里不禁想，老板这么有担当，在这里就业的阳朔人真是幸运啊！

我也就奇怪了，在城市里，裁员是不可避免的，而阳朔人真是得了上苍的庇佑？我所知道的那些酒店，员工大多是阳朔本地人，疫情期间都没有裁员。

还是以人为本的人性在闪光啊！

罗兰回国了。云舞酒店的掌门人周萍莉把月舞接了过来，两家酒店合成了一个经营团队。现在酒店面对的客户大多是国内的游客。周萍莉说："桂林包括阳朔的旅游曾经是观光式的，客人留不住。要将观光旅游变成度假的形式，就需要酒店有品质，有个性。其实那个时候市场已经有这样的要求了，而产品却很少。

"我们创办云舞酒店，想引领或适应旅游市场，把传统元素与现代元素更好地结合起来，适应年轻人的度假需求。东南亚几个国家的旅游长盛不衰，那里是既传统又现代的度

休憩空间

假之地，值得我们借鉴。我就很想把这种旅行方式带到阳朔。当人们愿意为精神享受付费，对民宿业的发展就是一个阶段性的提升。"周萍莉曾经在桂林旅游学院任教，她辞去教职之后游历东南亚各国，很了解那些地方的旅游行情，云舞该怎么做，她心里很有数。合伙人李林也赞扬她的专业性，他们的合作很默契。

　　住在云舞酒店，我遇到了从深圳来阳朔的几个年轻人，他们是一个拍电影的团队。"你们来这里拍电影，还是休假？"

我问。"我们来这里是为了寻找另一种生活方式。一线城市的压力太大了，一些年轻人患上了抑郁症。在那里我们没有归属感。"其中一位中央音乐学院毕业，在团队做音乐的年轻人说，"我是从韶关徒步走到阳朔的，想历练自己的生活能力。我在深圳收入不算低，每个月两三万，还是买不起房子。"

"阳朔是一个探寻全新生活方式的地方。"我笑着说。"我们在这里拍短视频发出去，得到很多的回响。这是我们的一种探索。"他答道。

阳朔的确是值得年轻人去关注的。

乡村的振兴，给许多人带来希望。

这让我想起有一天，吃过晚饭，我在乡间信步，听到伴随吉他弹唱的歌声，循声走去，只见一个小伙子一边拨弄吉他，一边对着麦克风唱着不知名的歌，一如卖唱者。初冬的天气有点凉，周围很安静，疫情期间不会有观众。我走过去站在他的旁边，静静地听他唱完歌。歌毕我问："你是在自娱自乐呢，还是在工作？""我在上班。"他微微一笑。反正无人，我就和这位小伙子聊了起来。原来小伙子是阳朔福利镇人，之前在深圳打工，在酒店做管理员。因为父亲生病，家里就他一个孩子，所以回来照顾父亲，接替父亲的工作种果树。
晚上就到酒店唱歌。

"这是我的爱好。也能赚一些钱。"

"父亲的病好后，你还会再去深圳吗？"我问他。

"不会去了。"他很平静地回答我。

打工者从城市返回乡间，城里人从城市到乡间找出路。
城市生活与农村生活，是不是将随着时代的变化而改变呢？

从深圳返乡的打工者

鸡窝渡里有凤凰

　　鸡窝渡村的村名我想一定是有来由的，只是现在知道的人很少了，我打听不到。

　　站在村口看遇龙河，阳朔著名的打卡点"骆驼过江"佳境就在不远处。拥有美景的鸡窝渡村当年村民很贫困，现在是鸟枪换了大炮，村里到处盖起了新房，已经成为民宿的聚集点。很多外地人在这里租用村民的房屋开办酒店。现在这里是乡村振兴的示范点。

　　任何事都有开头，村口开办的三家民宿为鸡窝渡村做了示范。这三家民宿的主人都是阳朔人，虽然是在职人员，但是他们与陈秀英一样，热爱上苍赐予的这块美丽的土地，希望抓住改革开放的大好时机让农民的生活，也让自己的生活好起来。其中一家蔽龙阁常常有老外驻留，因为是中式装修风格，国外背包客在此可以看到一些中国文化元素，而且蔽龙阁四楼的咖啡厅还可以看到"骆驼过江"最美的景观。

　　进入村里，满目都是新的房子，周围环境整理得干净舒适，是新农村的理想模样。朋友给我介绍了一家民宿酒店"竹窗溪语"，按指示牌沿着村里曲曲弯弯的小道找到这里，已经是村子的边沿。在院子里放眼向外，山峦层层，可看到遇龙河，近处是块块农田，屋旁有荷花，景色很美。住在这里，晚上听荷塘蛙声一片，早上看太阳缓缓从山后升起，霞光与云层交相辉映，水田反映着天光，一派田园景致。

这家酒店倡导乡间禅意生活方式，他们有精准的客户定位。客人大多来过很多次，已经不是为旅游，而是来度假、来休息、来体验一种乡间的生活。客人们会放下手机，听从酒店早晚十二时辰的活动安排。酒店还会给客人们提供练八段锦、手抄心经、带孩子的服务，让客人有家一样温暖的感觉。

让我感兴趣的是这个酒店与其他民宿管理上的不同之处。它的经营者和从业者都从一所大学里来。经营者是大学老师，从业者是这所大学的毕业生。这所大学还不是旅游学院。门外挂了十几块牌子，其中一块是"桂林理工大学博文管理学院乡村振兴校外实践教育基地"——桂林理工大学博文管理学院是他们工作和学习的大学。

这位女老师姓李，是东北人。她高高的个子，标准的身段，

蔽龙阁的中式风格

说话细声细语，很温柔。我想，这么好的性格对她的那些学生员工一定会有影响。李老师说她非常喜欢这种田园式的生活，这个小酒店开办之后，她引导学生，放手让学生去管理，去学习，让酒店成为刚毕业的学生一个历练的平台。她说："这些孩子热情、阳光、工作勤奋，很自律。他们是不可能一直在这里的，我希望他们将来有更好的发展。我很幸运有这些学生与我一起在竹窗溪语工作。他们很善良，很值得信任。"

疫情期间客人少。这天晚上，酒店员工照例聚在一起喝晚茶。李老师说，这种茶会有时候也会邀请客人参加。茶会

禅意生活

开始，他们唱起了歌："天涯海角喜相逢，茶道使我们乐融融。茶能生善爱心宽容，茶可邀月遨游苍穹……"接着唱一首改了一点歌词的《小草》："也有花香，也有树高，我是一棵迎光生长的小草……"改得很有意思，也反映出这些年轻人不躺平，不内卷，对自己生命的信心。我看到每个人都拿着一个歌单，上面有几十首歌的歌词，歌单是《辽阔的天空》《生命的绽放》《爱的时光》《心灵的故乡》《未来之歌》等。看得出，他们有向上的力量。

唱完歌，大家开始交流，这有点像在学校开班级讨论会，但是更多是为我讲的。

　　梁照月是酒店的销售员，她首先说："毕业后自己有其他选择，为什么来竹窗溪语？因为毕业前我在这里学习酒店运营，这里让我感觉像家一样，老板是老师，给我提供了很好的平台，我可以在这里得到磨炼。我人生规划的第一步就在这里实现。"

　　这是个很优秀的女孩，性格很好，在学校做过学生干部，本可以留校做老师，也有别的机会。来竹窗溪语工作之后，还有老板给高工资要挖走她，女孩坚持留下来，她说喜欢这个团队。她甚至能说出"一个酒店的灵魂在于人"这样的话，看来这些年轻人很有思想。

　　员工们你一言我一语，说得很热闹。他们说："我们很幸运有这么好的老板。"看得出，这是一个训练有素而且团结友爱的工作集体，李老师为此是颇费了一番心思的。她说："这些孩子很多都是贫困生，他们的见识、机会可以说都是很少的。大家都希望改变生活，将来事业能够成功。我要告诉他们，这是不容易的。"

　　"老师在给我们树立榜样。"

"疫情期间我非常紧张，看到老板很放松，我才放下心来。一直很快乐地在上班。"

我们一直担心现在大学毕业生进入社会的生活和工作能力，但是在阳朔这样一个务实而又开放的幸福小城，在竹窗溪语酒店，我得到了另一个答案。看来，这些年轻人是要在鸡窝渡里把自己涅槃成为凤凰。

在阳朔，鸡窝里飞出凤凰也不是什么奇事啊！

乐在山水间

一座有艺术力量的建筑——阳朔糖舍

　　背靠青山、面向碧水的"阳朔糖舍"酒店，建筑格调极其独特。创办者开发的愿景是：融自然之美、工业之美、建筑之美、残缺之美于一体，新旧建筑共生开发。这既延续了历史建筑的年代感，保留了阳朔人对糖厂的依恋之情，又将简约大气的现代建筑融入山环水绕的漓江风光之中，完美地诠释了融入自然的设计理念。这样以现代化的设计风格向世界展示时代变迁的建筑作品坐落在阳朔，真是天作之合，也是阳朔人的造化了。

　　20 世纪 60 年代建设的阳朔国营糖厂曾经是阳朔人的骄傲，他们对糖厂的老建筑有着很深的情感。说来奇怪，90 年代我也曾经对这个拍卖中的糖厂产生极大的兴趣。记不得多少次，我站在这座被两边青山护卫的废旧厂址上极目远眺，漓江在此拐了一个大弯，右边有名的书童山玉立远处，像一个飘逸的古代少年读书郎，江上不时划过来一竹筏，再向山脚下看，几头毛皮油亮的水牛在江中嬉戏。啊，那山那水那物，就是一幅长长的画卷……

除了喜欢这里依山傍水的环境，很吸引我的还有那几栋青砖厂房，这厂房的设计与当时一般工厂建筑完全不同，青砖筑就的高大厂房，墙面顶端的设计就很有艺术美感，若是拆掉，那是毁了一个时代工业建筑的作品，太可惜了。可是在当时，对于做企业的商人来说，低成本、高利润才是他们的目的，拆旧建筑盖新房是获利最好的途径，也简单得多。要保留原来的建筑，除非是既有文化、有想法，甚至有艺术情怀，又有雄厚经济实力的人，否则是不可能的。小小的县城到哪里去寻觅这样的人？我当然祈愿糖厂遇见这样的买主，所以每次去阳朔都要去看看糖厂有怎样的归宿。上苍还真是眷顾阳朔，我后来得知，糖厂改建为酒店"糖舍"，很好地保留了原来的厂房，我心里松了一口气，便好奇地想了解，业主是怎样一个有识之人，那改造后的糖舍又是怎样的面貌。

该合作项目建筑师——桂林市建筑设计研究院院长覃建明，也是我的老朋友，知道我对老糖厂的兴趣，2021年春天他邀请我和各方出版界的朋友到"糖舍"酒店小住，我这才见识了这座具有艺术力量的建筑。尔后的一个周末，又有朋

老糖厂的建筑

糖舍的建筑

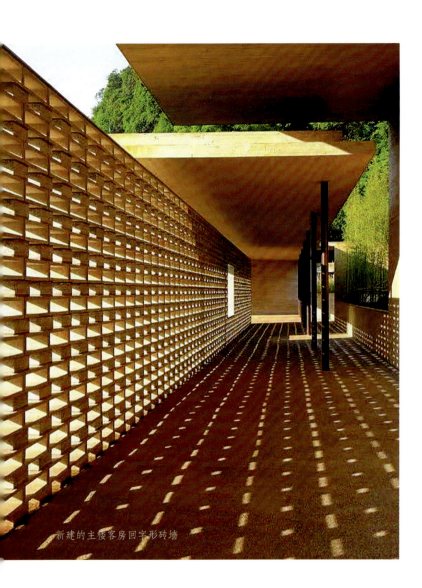

新建的主楼客房回字形砖墙

友邀约到"糖舍"参加周末露天音乐会，这次见到了创办"糖舍"的业主——董事长杨晓东。从言谈举止以及穿着，见的第一面，这位年轻人给我的印象是很干练，不像传说中的纨绔子弟，在这个美丽的地方办个酒店玩玩。了解后才知道，原来业主是兄弟俩，一个毕业于清华，一个毕业于北大。哦，这就不难理解，他们确有把糖厂改造成为一座具有艺术力量的建筑的实力。

杨晓东与糖厂的故事从2006年开始。他与弟弟杨敬强在阳朔旅游时发现了这座被拍卖的糖厂。那带着工业感、残缺感的老建筑，以及遗留下的桁架触动了他们。尤其是那直面漓江的两排高大的桁架，沧桑、安详、神秘，如神殿般矗立着，令人震撼，你不禁会联想到古希腊雅典卫城帕特农神庙的那些柱子。这些建筑着实让兄弟俩迷恋，他们的美学情怀随即被这些老建筑勾起，一致决定投资建设"阳朔糖舍"。在糖厂旧址上，通过改造和再设计，修复老建筑，建造新建筑，将糖厂建成高端度假酒店。

杨晓东将自己具有美学价值的设计理念落实到项目上，这使老糖厂免遭拆除，涅槃重生。糖厂原来的制炼车间、动力车间、压榨车间、锅炉房、水泵房、橘水罐、桁架已经全部废弃。要让这些废弃的、七零八落的、残缺腐朽的建筑涅槃重生，这将是一个怎样的奇迹？

开始实施计划之初，他从上海请来曾经修缮过上海"1933老场坊"（这座原来远东最大的屠宰场，现在是工业风网红打卡地）的建筑设计师赵崇新。面对杂草丛生、破旧不堪、摇摇欲坠的老厂房，设计师以"保留这些即将倒掉、消失的历史建筑"的愿景开始了老建筑的修复。赵崇新花了8年的时间，最大限度地保留了作为糖舍灵魂的老建筑特质：青砖、烟囱、标语、桁架、车间设备这些独特的元素。这个濒临倒塌的工业遗存，终于被作为整个酒店的核心精神保留下来。

从杨晓东组建核心团队的过程中，我们可以看到他精心设置的布局。赵崇新完成厂房的部分修复之后，深圳"水平线"室内设计师、首席创意总监，曾被推选为年度中国设计业十大杰出青年的琚宾开始参与"糖舍"酒店的室内设计。琚宾遵循"酒店既要有入住老房子的精神体验，还要具备住新房的舒适度"原则，在老建筑内营造当代性碰撞，令"糖舍"散发历史文化内涵的同时，又处处洋溢着时尚的气息。

此后便是北京直向建筑事务所的创办者董功的加入。董

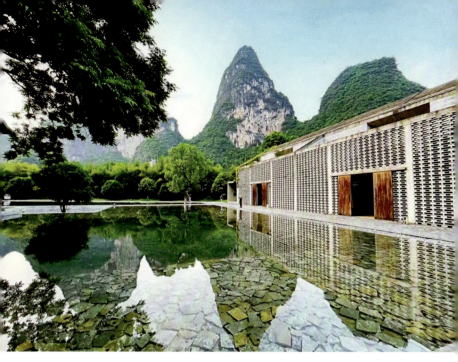

糖厂变糖舍

功是一位活跃于中国设计领域，斩获过许多设计奖项的青年海归设计师。他主持设计的独特建筑"一座中国最孤独的图书馆——三联书店海边公益图书馆"在网络上走红。董功主张新建筑要从对旧建筑的理解和尊重中衍生而来，同时又必须是一种当代的、先行的状态。新老建筑的区别是，除了满足审美需求，还必须具备当代的技术与材料，以及当代生活所需的高品质，忌讳一味模仿或淹没在旧建筑里。这样，业主与各位设计师的创办理念达到了高度的一致。

夜观 "糖舍"

夜幕降临，灯光下两排桁架显示出神庙般的庄严

"糖舍"夜景

"糖舍"内的时尚元素

远离喧嚣

　　参与"糖舍"建设的，还有花艺设计团队、机电设计团队、灯光设计团队、导视设计团队、音响顾问、厨房顾问、泳池顾问等。2007年至2017年的10年时间里，"阳朔糖舍"酒店在各领域专业设计师、艺术家的群策群力下，终于从废弃的糖厂蝶变成一家国际高端精品度假酒店。从"糖厂"到"糖舍"，一字之差，却是梦幻般完美的蜕变。

　　杨晓东告诉我，从开始到完成这个项目，总共用了15年的时间。在延聘设计师时，他考虑找年轻名气不大的中国设计师参与。试想，这么大体量的项目交给年轻人，意味着要冒很大的风险，而杨晓东这个赌注下对了，年轻优秀的设计师带来的不仅是糖厂的蝶变，还有国内外的影响和网络的流量。"糖舍"一开业，立马斩获 Dezeen（编者注：由英国著名设计媒体 Dezeen 主办的同名奖项，是世界上规模最大、最具权威性的年度设计奖项之一）全球最佳度假酒店 Top1，被《Voyage 新旅行》高端酒店评选为中国"必住"酒店，入选2021 年度 ENCHANTE 享得之选最佳度假酒店，等等。"糖舍"如今在国际上很有影响，开业不久就连续参加了威尼斯建筑双年展、米兰三年展。"糖舍"还参加了 2021 年 9 月到2022 年 6 月 MOMA（纽约现代艺术博物馆）的展出。这次纽约 MOMA 展览的主题是"再利用，再更新，再循环"，这是优秀青年设计师能够把握好的国际趋势。

有文章说杨晓东除了是风险投资人，还是一个标准的文艺青年。单说在"糖舍"，他就开辟了许多艺术空间，如画廊、电影放映厅、图书馆、售卖艺术品的精品店。最有意思的是"糖舍"周末的艺术生活"糖 Live"，这里每周都有音乐戏剧活

2022—2023 糖火跨年艺文祭燃烧的"淞明火塔"

动。"糖舍"还与"青年艺术 100"项目共同发起招募艺术家驻留的活动，以期在山水间搭建可持续的艺文创作及呈现舞台，孵化人文艺术、建筑空间与自然风光之间更多互动可能。这也是人文艺术的一种尝试，愿他成功！

阳朔民宿协会会长陈朔勇也是阳朔本地人，他从开淘宝店干起，逐步积累资金，现在也有自己的民宿酒店——很有格调的"易亩田"。谈话间我处处感觉到他对这片土地的了解。

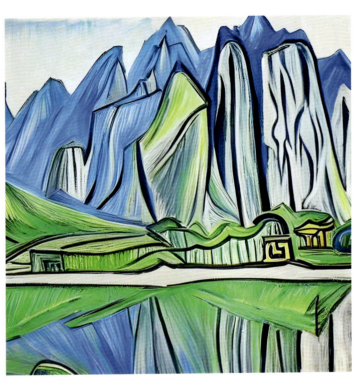

"糖舍"艺文驻地画家韩永坤笔下的山水阳朔

他说："阳朔的民宿是从根子上发展起来的，一步一步地改良，一步一步地成长。老板和员工共同进步，所以亲和力强，与客人没有距离感。这也是阳朔的魅力所在，也是值得我们骄傲的地方。

"阳朔民宿的员工，百分之九十都是本地农民，他们在家乡安居乐业，不再有大量的人往城市流动，在外打工的人也逐步回到阳朔，有些人也加入了创业的队伍。阳朔民宿为此做出了贡献，这是特别值得我们欣慰的。"

乡村生活空间的再建给阳朔的乡村振兴寻找出了一条可行的路，引来了人，留住了人。这是振兴乡村的核心所在。

阳朔民宿的故事讲不完。我心里明白，还有一些非常优秀的民宿和民宿经营者我没有能够采写到，留下了遗憾。

阳朔还在变化，我们期待的是更好地保护这一片诗境家园，让山水更具魅力，让人回到天然和谐的境界。

The Charms

of

Yangshuo

阳朔之县

第四章　不能错过的风景和美食

上世纪有两位总

村，实乃一方贵

充到过的兴坪渔

也

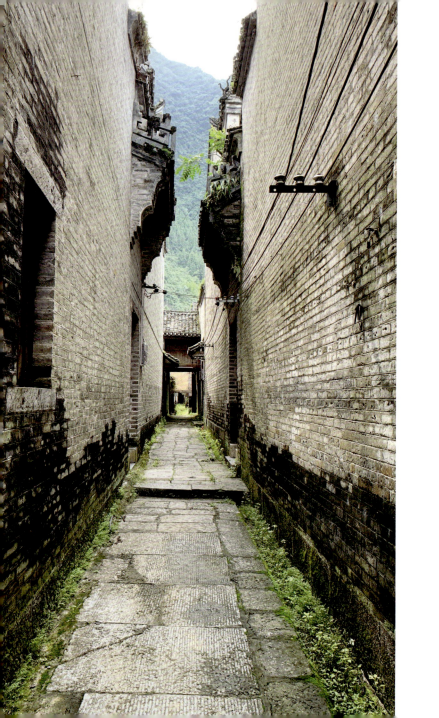

兴坪渔村

很多人都知道阳朔兴坪渔村，因为在上个世纪，曾经有两位总统到过那里，一位是中华民国临时大总统孙中山，另一位是美利坚合众国总统克林顿。

渔村是阳朔最古老的村庄之一，我两次来到这里，它留给我的印象太深了。第一次是上个世纪 90 年代，因为克林顿总统对渔村的造访，让渔村顿时成为一个热门的旅游景点。我去的时间是春天，整个村子处处闻到浓郁的柚子花香，那白色的一丛丛柚子花被碧绿的树叶衬托着，实在让人陶醉。香味与美景令我至今难忘！我们总以为广西的沙田柚只产于容县，其实，阳朔与恭城、平乐、昭平早在一百多年前就已经种植沙田柚并且扬名四方。后来我才知道，渔村产的沙田柚是阳朔沙田柚中品质最好的，市面上还难以买到。

第二次到渔村是在 2022 年 7 月。鉴于渔村的几百年历史及发生的故事，我还是想在本书中向读者做一番介绍，于是

竹筏还是渔村村民的交通工具

决定再去那里访问一次。不巧的是，因为各种原因，渔村暂时停止开放，我请求政府的帮助，于是兴坪镇一位干部带着我进了村子。

　　小汽车拐到白沙镇的一个小码头，渔村姓赵的村支书撑着筏子过河来接我们，竹筏横穿过清清的漓江，就到了对岸渔村。我们沿码头的阶梯拾级而上，迎面看到一块石碑，那是孙中山先生的孙女孙穗芳访问阳朔时为祖父立的碑，上书"孙中山先生系舟处"几个大字，另一行小字为"国父孙中山先

孙中山先生系舟处

生是一个开创世纪奇迹的伟人"，此碑公元 2004 年 11 月 12 日立，碑文由阳朔文化名人李寿平书写。

原来 1921 年冬天，时任中华民国非常大总统的孙中山先生率领 300 余艘船只、2000 多人由梧州溯江而上，准备到桂林建立北伐大本营。到达阳朔时，孙先生在西街做了"实行三民主义及开发阳朔富源方法"的著名演讲。第二天船队便来到渔村，停靠在漓江边，在胡汉民、张猛等人的陪同下，孙中山先生上岸查看地形，兴致勃勃地观看四周优美的风光，参观村子的环境和房屋建筑。当地名士赵元炯向孙先生介绍了渔村的历史和周围的地形，说到后山上的一个寨子形势险要，易守难攻，历年来村民都上寨避乱。闻此中山先生便随赵氏兄弟上寨视察。山寨雄奇险峻，四周悬崖峭壁，仅有一条小路可通，地势确实险要。奇怪的是寨中有两口泉水，名双龙泉，泉水清澈，经冬不涸，可供五六百人饮用，此水可谓从天而降。"天水寨"之名便由此而来。

天水寨建于清代咸丰年间，因当时兵祸连绵，村民为避乱而筑寨自保。咸丰九年 (1859)，时任阳朔县令的欧阳廷景因避战乱暂居此，有感于寨子的雄奇险峻，赋诗一首："晴空高插碧芙蓉，石磴纡回鸟道通。万点星辰临屋角，五更鸡犬乱云中。当门怪石森如戟，贴地长江曲似弓。下界烽烟何日扫，几回搔首问苍穹。"欧阳县令作诗联想时局戡乱，不由生出"几回搔首问苍穹"的无限感慨。

中山先生当晚在船上住了一夜，次日带船队继续溯江而上直奔桂林而去。巧的是，当时孙中山先生的一个忠实追随者就是渔村人，名叫赵丹瑶。赵丹瑶是黄埔军校一期学生，后在国民党军中历任营长、团长，直至战死沙场，被追封为少将师长。

渔村实乃一方贵地，建村数百年，这里历代将官、富绅层出不穷。明代有进士赵海吾，清代有进士赵卫卿、赵际隆、赵儒廷、赵克进、赵日卿、赵克诚六人，并有多人中举。这里还出了清末维新派康有为的弟子、参加过"公车上书"的赵元杰，出了追随民国非常大总统孙中山革命的黄埔一期学生赵丹瑶；这里有领导抗日武装与日寇浴血奋战的革命烈士赵志光，有富甲阳朔极富传奇的赵家堂，有留学海外寓居加拿大的造船主、博士赵元典。明代赵海吾中二甲进士，曾任广东省乡试主考官；清末的赵元杰以举人身份被钦点为陆军

渔村的百年建筑依然挺拔

部主事，曾任广西三江县知事、桂林市警察厅厅长等职；赵日卿曾任广东南海县知事；民国时期的赵宇器曾任广西西林县县长；赵家晋当过龙胜、义宁两县县长；等等。

小小一个村子出了那么多的人才，真是地灵人杰！原来耕读并重是渔村的传统，良好的读书风气自然能够造就一个村子的基因。

我们走进村里先看到的是一间破旧的屋子，圆形的门上依稀可见四个字：渔村小学。这是哪个年代的小学不得而知，但可想，那时学校对于村子就是重要的。再看那些保存还算不错的数百年遗存的房屋，就知道此村的不同凡响：虽然墙体斑驳显出古旧破败，然而青砖灰瓦、坡屋面、马头墙、飞檐画栋，独特的结构还是让人看到曾经的贵气。而栋栋房屋内部，传统的厅室布局保存基本完好，木质的雕花门窗比比皆是，工艺精湛，雕刻的花草动物栩栩如生，雕刻工整的篆体字也告诉人们这里曾经是读书的人家。

赵支书带我们来到克林顿访问过的一间屋子，这正是赵支书的老屋，祖上一直居住的地方。1998 年 7 月 2 日下午，时任美国总统的克林顿偕家人一行从桂林乘船而下到阳朔，途中下船到渔村参观访问。克林顿来到这个村子的时候，这间屋子还是村里的一个小卖部。他说："我的祖母是开小卖部的，我喜欢看小卖部。"总统看到一把木制算盘，拿起来饶有兴趣地问："这是什么东西？"有人回答道："这是中国古代的计算器！我们叫算盘。"美国总统笑了，他特别赞许中国古老的文明。总统很喜欢这个小村子，他漫步在幽深的小巷中，被屋内那些雕花门窗深深吸引，忍不住驻足抚摸，爱不释手。得知这些建筑有数百年历史，他赞叹不已。看到村民使用沼

美国总统克林顿造访渔村

老屋的文脉

气节约能源，处处种果树，很好地保护了生态环境，克林顿非常高兴。

我问赵支书："克林顿为什么来访问渔村？外面有很多传说，其中最有意思的是说他有个华人同学老家就在渔村。"支书笑了："克林顿到阳朔，提出要到农村考察，了解中国农民的生活。之前美国大使馆的人先来看过，美国记者也来了村里，还问我认不认得克林顿。克林顿访问渔村是我们政府定的，因为渔村的环境保护得比较好。"

克林顿一家在渔村

　　此后"总统之旅"成为小渔村的一道光环，人们游览漓江，渔村成了一定要打卡的胜地。赵支书说，现在生活好了，他们搬到了新盖的房屋，这里就期待有文化的商家来开发，供到渔村旅行的客人参观休憩。克林顿一家在屋子里拍下的这张照片，成为赵支书珍贵的纪念。我想，小小的渔村真是块宝地啊，它什么时候才能等到有识之士，让它重新散发文明之光呢？

阳朔古桥

　　仙桂桥、富里桥、遇龙桥并称"阳朔三古桥"，它们坐落在遇龙河上，古人选择建桥的地方风景都非常优美。遇龙河是阳朔境内漓江最长的支流。当年徐悲鸿有文赞美这条河："江水盈盈之，照人如镜，萦回缭绕，平流细泻，有同吐丝。山光荡漾，明媚如画，真乃人间仙境也！"

　　三座桥建于不同的朝代，因而各座桥的特点不同，很能代表阳朔的历史文化进程。

　　我喜欢阳朔的古桥，选择了不同的季节去欣赏。

仙桂桥

　　三座桥中仙桂桥的年代最悠久，始建于宋代宣和五年（1123），至今900年了，经历雨雪风霜仍完好无损，是广西现存最古老的单孔石拱桥。此桥也是三座桥中最小的，桥身仅长15米、宽4.2米、拱跨5.5米，桥的建筑结构很独特，古人以非凡的智慧，采用极为罕见的并列砌法完成。桥拱的

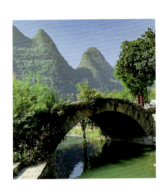

仙桂桥

内侧还有一些石刻，遇到河水干涸的时节，可以躬身看到石刻上的文字。这给专家研究遇龙河文化提供了宝贵的资料。仙桂桥的水由清绿潭流出，汇入遇龙河，颇有灵性的流水历经数百年从不间断，也算奇事！仙桂桥周围是一片片农田，被喀斯特群山包围着，这就是峰林平原了。

富里桥

位于遇龙河上游的富里桥建于明代，已经有 500 多年历史。它是三座桥中最圆的单孔石桥，长 30 米、宽 5 米、高 10 米，高高弓起的桥身倒映在水中，恰似一轮满月，与周边山、水、树相交，看起来特别富有诗意，是三座桥中最美的一座。富里桥是用不规则的青石板砌成，桥两端分别有三四十级的石阶，并各有一棵古树。古桥与古树风雨之中相依相伴数百年，树根扎于石板之中，石板包裹着树的枝枝蔓蔓不能分离了。桥的四周青山环抱，绿水绕庄，站在桥上眺望，连绵山峰与阡陌农田交相辉映，如诗如画般的田园风光凝固在眼前，令人久久不舍离去。

富里桥

Cl

Ya

遇龙桥

在阳朔白沙镇境内的遇龙桥，处于遇龙河中游，这座单拱石桥一样历史悠久，它建于明永乐十年 (1412)，距今 611 年历史，是阳朔境内规模最大、广西桥梁史上最著名的古桥梁建筑，桥长 36 米、宽 5 米、高 9 米，为无浆干砌单拱。遇龙桥桥体巍峨壮丽，两侧亦有藤蔓累垂，非常入画。桥上立有一块"抗战胜利碑"，那是 1944 年村民自发与日寇激战数十天取得胜利的标志。迈上石桥，你便可感受到这里沧桑的历史。

每次来到古桥，站在桥上遥望远山近水和周边的阡陌田园，不禁感慨万分。数百年时间在宇宙只是刹那，对人类来说却是经历了漫长的岁月，然而，兜兜转转我们又回到了从前，把已经遗忘掉的先人智慧结晶重新捧在手上珍惜起来。可惜的是，我们就是在自己的手中毁掉了无数先人珍贵的财富，若非如此，世界会不会更好些？

衔远山的遇龙桥

阳朔美食

　　阳朔是一个很适合生活的地方，喜欢小资情调的过客，热爱自由独行的大侠，来到这里都不会放弃令人垂涎欲滴的美食。阳朔好吃的东西太多，有时间慢慢了解，细细品味才知道它的好。单说菜肴：阳朔啤酒鱼、黄焖马尾骨（此鱼来自漓江，人工养不活）、叫花鸡、板栗焖鸭、桂花爽口肉，还有螺蛳酿、苦瓜酿、柚子皮酿、辣椒酿等各种酿菜，让你换着口味吃不腻。再看各饭店自家酿造的酒：桂花酒、梅子酒、桑葚酒、百香果酒，兼具酒与饮料的功能，无论哪一种都色泽明丽，看着就想喝一口。说到小吃，更是花样百出：手工制作的姜糖、松花糖、桂花糕、糍粑、仙人豆腐等，百吃不厌。那手工剁的蒜蓉辣椒酱更让喜欢辣味的人乐不思蜀。阳朔的柚子、金橘、柿子若是遇上季节，也是来了就不能错过的水果。

　　阳朔这个地球村，西式餐点、面包、各种咖啡也颇为吸引四方中外游客。我特别喜欢这里几个饭店的西式早餐。经过一夜的休憩，清晨起来，坐在环境优美的餐厅，四周寂静

C
Ya

早餐的时光

无声，你沉浸在丰富的餐点中，忘却世间所有的繁杂，慢慢享用，还有什么比这更美妙的呢？

阳朔啤酒鱼

我不是吃货，会错过很多美食，而阳朔的啤酒鱼却让我例外地关注。在阳朔，只要是生炉子的地方就有啤酒鱼，啤酒鱼是阳朔的地方饮食符号。到阳朔没有吃到正宗的啤酒鱼是很遗憾的，正宗的啤酒鱼入口鲜嫩，口感独特，那是老师傅们细心琢磨、用心烹调而成的。重要的是他们不敷衍客人，诚信如初。阳朔啤酒鱼也有故事。我们说桂林米粉的来源，有很多遥远而精彩的传说，而阳朔啤酒鱼本身并非传统美食，它是改革开放后劳动者的新成果。在民以食为天的国度，美味的菜肴总是能够打动食客。

　　这天滕彬带我来到漓江边的小林饭馆，这里是最早做啤酒鱼的餐馆。我想听听啤酒鱼的故事，滕彬便为我约了林老板。还没有到用餐的时间，林老板有空与我坐下细谈。这座餐馆的原主人是林老板的师傅，30多年前，小林只是个徒弟，从

阳朔啤酒鱼

好看又好喝的自制饮品

农村出来跟着师傅打下手，学手艺。林老板说，上世纪80年代开始，阳朔有了跟团的游客。旅游团的工作人员——司机、领队和翻译很辛苦，晚上歇下来到他们的餐馆吃饭，总会喝啤酒，吃菜要点漓江鱼，边吃边喝。遇上冬天吃到最后，客人干脆叫他们把啤酒倒入鱼里加热，再继续吃。不料客人吃了用啤酒煮的漓江鱼，发现鱼的味道不同了，更加鲜美可口。这给他们很大的启发，于是师傅就开始思考用啤酒煮鱼，添加一些煮鱼的配料，注意烹调的节奏和火候，这样煮出来的鱼味道越发不同。这道菜一上市，客人们闻风而来，喜欢吃的人越来越多。一传十，十传百，很多饭馆也学着开始用啤酒煮鱼。这便成为阳朔一道名菜了。

吃饭时间到了，林老板亲自下厨为我们做菜。他做的啤酒鱼自然是鲜美无比，此外还有螺蛳酿、板栗焖鸭，这都是地道的桂林菜。

次日继续考察啤酒鱼，我们来到另一家阳朔有名的餐馆——谢大姐啤酒鱼，这位女老板也是阳朔餐饮业中有名的人士。她娘家在阳朔世外桃源景区中的燕子山庄，那里也是阳朔一大风景点。谢大姐嫁到白沙镇后，与丈夫一起到阳朔做生意，开了这间饭馆。"我已经做了20多年，与我一个时间开餐馆的人，剩下没几个了。开餐馆很辛苦的。"

得知我要了解餐馆的啤酒鱼，谢大姐一点不避讳，直接让我看师傅烹饪啤酒鱼的全过程。餐馆的厨房打理得干干净净，我来到大厨身边看他操作，此时不由得想起少年时外公常常让我看他怎么煮鱼。外公会把草鱼用大火煎得外焦里嫩，再加调料用小火焖煮一会，好吃的鱼就做好了。外公告诉我，关键是要掌握火候。那些日子远远地过去了，可惜我一个女子，却没有能够接下四川籍外公和母亲做菜的拿手功夫，倒是弟弟表弟们个个厨艺高超。

说话间只见大厨把生铁炒菜锅（桂林话叫耙锅，桂林人认为只有耙锅炒的菜才是原汁原味，才好吃）架在煤气炉上，倒入一些油，将剖洗好的三斤竹鱼放进锅里煎一会，再加入姜、蒜、青椒、红椒、番茄，然后放酱油，最后倒入一瓶啤酒，盖上锅盖，大火焖几分钟，出锅装盘，一碟美味的啤酒鱼就做好了。看起来似乎不难，掌握火候可是很要技巧的哦。餐馆有名的关键还是不敷衍客人，诚信如初！这世间，有诚信就有长久，不是吗？

仙人豆腐

住在河畔酒店，一日餐厅经理给我介绍了一款小吃"仙人豆腐"。端上桌一看，碗中盛着的是一些绿色晶莹的东西。"凉粉？"我问。"不是凉粉，这是仙人豆腐，加了桂花糖水，你尝尝。本地人一般还会加一点醋，你要加吗？""加吧。"我端起碗仔细看，这绿得像翡翠一样的食物我还从没有吃过，送入口中感到细腻柔滑，香甜带点酸味，真可口。"好好吃啊！"我对经理说，"我从不知道阳朔还有这么好吃的仙人豆腐。"经理说："过去本地人都是自己吃，很少拿来卖。现在市面上有卖了。"

我回去急忙查资料。原来这种小吃也是阳朔本地特产，主要原料是一种生长在山上的植物"仙人草"。传说仙人豆腐最先起源于阳朔县西部的金宝乡山区。明末清初，时逢兵荒马乱，又连年天灾，民不聊生。这时金宝乡来了两位斋客，看到老少乡民生活困苦难熬，他们动了恻隐之心，指点民众把这种草煮后榨汁，制成水豆腐形状的食品，就这样度过了饥荒。其后村民们把这种草称为仙人草，把仙人豆腐的制作方法代代相传至今。

"市面上哪里有卖仙人豆腐？"我问经理。"白沙镇上就有一家专做仙人豆腐的，女老板姓张，还是市级非物质文化遗产传承人。"第二天我到白沙镇找到了这个店，正巧碰上他们一家老小五六口人在做仙人豆腐，很有意思。我一边看他们操作，一边听介绍制作过程。女主人告诉我，他们家做仙人豆腐已经有6代人了。我说："我看你现在也人丁兴旺啊，再传下去没有问题！"

仙人豆腐传统的制作方法是这样的：先将采摘回来的仙人草除去根部洗干净，再把一些稻草烧成灰，用水过滤备用（现在稻草灰太少就用小苏打代替），然后将泡发好的米用石磨碾成浆。这三种原料准备好，就可以烧水了。先把稻草灰水或小苏打倒入煮开的水中，放进仙人草，烧火将其熬成汁，加入米浆搅拌均匀，倒入容器中让其自然冷却凝结，再用竹片划成小块。吃的时候再加煮好的糖水和醋。

主人把做好的仙人豆腐给我舀了一碗，放上红糖水，让我美美地享受了一番，末了还装一塑料袋让我带走。

C
Ya

这种手工制作的纯天然绿色食品上市后非常受大众欢迎。更有一些开奶茶店和冷饮店的年轻人，把仙人豆腐配上椰奶、百香果、菠萝、火龙果及蜂蜜，做成各式饮料，或者是仙人豆腐水果捞，成为一种时尚饮品，极受年轻人的青睐。

松花糖

阳朔兴坪古镇有一种传统点心松花糖，这种手工制作的松花糖色泽棕黄，富有光泽，清甜香脆，酥松软糯，入口即化，吃过它就会惦记它。我就是惦记松花糖的人。现在商家也跟着时代走，大大减少了松花糖的含糖量，中老年人吃起来放心。

说到松花糖，就要说到阳朔兴坪。那是依山傍水，两岸群峰连绵，绿水萦回，翠竹成林的古镇。这里比较完整地保留了原有的历史风貌，有古桥、古渡、古亭、古戏台、古庙、古寨、古树和古村落建筑群，还有一条长1公里多的石板街——兴坪古街。当年商客来往，古街生意兴隆，各省都有会馆建筑于古街的两旁，如今这些古建筑大部分保存完好，而古街的商民也保留了当年这里商业兴旺时，他们用传统方式做的一些特色食品，松花糖便是其中之一。兴坪松花糖好吃是有缘由的——历史悠久。目前兴坪松花糖已被列入阳朔县非物质文化遗产名录。

那日来到兴坪古街，疫情期间，游客极少，穿过窄窄的青石板小街，按当地人的指点，我找到一家名为"荣弟松花糖"的铺子，他们说这家店的松花糖好吃。进入门面，只见店家是一位帅哥，我们攀谈起来。他讲的是一口北方话，又不像是在此打工的人。"你不是本地人，怎么会来做本地的传统小吃？"我开始怀疑这间铺子卖的松花糖是否真的地道。他笑道："我是河南周口人，是这里的上门女婿。"原来小伙子名叫韩勇，在河南一所大学求学，与同班同学、阳朔兴坪姑娘李文春相爱。毕业后两人结婚，一同到了深圳寻求发展。

韩勇告诉我："在深圳待了一段时间，我们觉得很难有什么前途，决定另找出路。回到兴坪，我感觉这个地方真好，山清水秀，民风淳朴，岳母还有做传统小吃的手艺。我与爱人商量，不如我们一起来传承妈妈的手艺。于是我跟着丈母娘干了两年活，算是有了眉目。"

大学毕业生返回小乡镇，从事传统的小食品商业，这样

的事例不多。被兴坪姑娘带回来的这个外乡女婿韩勇，也勾起了我的兴趣。我打量这个门店的装饰和摆设的商品，虽然不算考究，但朴实中还是很有章法，说明主人在思考怎样提升产品的市场能力。这与集市的小商贩大大不同。我拿起包装设计很雅致的松花糖，这已经不是农家产品原始的包装，而是有了时代感。"这是你自己的设计？"我问。"是的。为了节约成本，这个设计还有一点问题，以后可以做得好一些。"我忽然高兴了起来，似乎看到了新农村振兴的前途和路径。吸引有思考能力、有知识、有文化的大学生回来，农产品的改良、农村的改造就有了一支生力军。

　　"你们起步正逢新冠疫情，没有客人怎么维持生计呢？"我不由得为这对年轻人担心起来。

制作松花糖

　　这位来自外乡的阳朔女婿答道："疫情对我们影响是很大的。去年开始，生意断崖式下滑。我们还好，有当地人生意在支撑，政府、单位或企业也会集体采购。

　　"这里还是有很大的发展空间，阳朔有好的条件，但是知名的企业很少，疫情之后，我们应该会有一些作为。"我能看出，年轻人充满着信心。

　　接着韩勇带我参观他们的手工作坊。走进屋子，他便介绍，那正在用筛子筛糯米粉的老妇人正是他的岳母李荣弟。看到来了客人，李母便向我打招呼。我打趣地说："你老人家好福气啊，嫁女还得了这么好一个儿子！"这家店名为"荣弟松花糖"，原来用的就是这位丈母娘的名字。老人兢兢业业，为养家糊口做了一辈子松花糖，现在终于有人接班了，而且还是个天外来客，那是上苍怜惜她而赐予她的幸福。

我看了一遍松花糖的制作程序，感觉好的传统食品每一道工序都凝结着制作人的心血。这里没有加色素，没有其他添加剂，保持着朴实的原味，也只有这样，才能触动人们对美食挑剔的味蕾，才经得起时间的考验，源远流长传承下来。

爱心面包

来到阳朔，车行在遇龙河畔的小路上，路口闪现的一间特别的小屋引起了我的好奇，那完全是一座欧洲乡间风格的小房子，小巧而不规则，怎么会坐落在这么偏僻的小乡村？往来多次经过这座欧式小屋之后，我的好奇心越发浓烈。我询问民宿老板，老板回答说："那是一对韩国夫妇开的面包店，面包很好吃，我们酒店在他那里定制过面包。面包店主人有很多故事啊。"我有点吃惊：嗨，阳朔这地方真是处处隐藏着高人哪！这又是怎样的故事呢？

一天下午，没有引荐，没有预约，我径直步行来到这间小屋。从格格树饭店步行 10 分钟，就看到那座欧式的小木房，

爱心面包坊

深红色的瓦楞，黄色的墙。走近仔细打量这间屋子，木门的上方有一块木匾，上面写着"骥马爱心面包"，骥马是这里的村名，下面写的是"建于2015年"，就是说，面包店是2015年开张的。屋顶上方还安了一个挂钟。往左边看去，玻璃窗上方也有一块木匾，上面写的是"爱心乡村面包"，还有一行英文"Loving Heart Country Bread"。另一块牌上写的是"纯手工欧包，6小时老面种发酵"，汉字下方都有英文，可见在阳朔的老外是这间面包店的常客。窗下有两张长条靠椅、两张木桌，那

爱心面包坊

爱心面包坊

是给客人准备的。这都与欧洲乡下的小店相差无几。我踏过三层木阶梯，进入这间小小的面包店，只有20平方米左右的小小空间感觉很温馨。进得门来，首先映入眼帘的是玻璃柜中烘焙好的欧式面包，新鲜出炉的面包则在玻璃柜台上散发出诱人的香气，很地道的欧包，柜台后面是精致的咖啡机。

店内只有一个穿着黑衣衫的姑娘在售卖，看见我进来，她向我打了个招呼，我们便开始交谈起来。

听她的口音，不是阳朔人。

"这是韩国人开的面包店？"我问。

"是的。"姑娘回答。

"你是到这里打工的吗？"

姑娘笑笑："这是我对象的店，他父母交给他打理了。"

"你的对象？"哇！好久没有听到这样的称呼了，这么年轻的女孩子居然使用上世纪五六十年代常用的词语。我开始打听她的来历。

原来姑娘是湖北人，她到阳朔旅游，做义工，认识了这间店的韩国小伙子，两人开始交往。2020年当她再一次来到这里时，疫情暴发，她回不去武汉，就留在了阳朔，继续在

爱心面包坊工作间

店里做义工。这期间韩国小伙和她结了婚，现在她也算这间店的女主人。我笑她："你们现在是夫妻，不能叫对象了。"她不好意思地回答："习惯了。"

我们继续往下谈，姑娘向我讲述开这间店的韩国一家人：他们很早就来到中国，父亲郑安德考上北京大学，完成了哲学博士学业，留在哲学系任教；母亲郑珠丽从北京大学对外汉语系硕士毕业后，留在北大教授韩语；儿子则毕业于清华大学美术学院。

爱心面包坊工作间

郑教授和孩子们的画

"一家人都出自北大清华哦,他们怎么又到了阳朔呢?"

"父亲和母亲在北京大学工作时,代福利院养了几个残疾孤儿。后来觉得在阳朔生活比较方便抚养那些孩子,就来了。这些孩子中,有一个女孩子还考上了广西民族大学。"姑娘在上班,我不好意思耽误她太多时间。

"我可以去看看他们吗?请把他们的住址告诉我。"我们加上了微信,姑娘把地址发给了我。临别我买了两袋面包,回到房间慢慢品尝,很好吃,的确是很地道的欧包。在一个偏僻的农村能够吃到正宗新鲜的欧包,也是很稀罕的事。听说有些民宿都订购这家店的欧包作为客人的早餐,便宜又新鲜。

第二天我来到这对韩国夫妇的家。我想释惑一个疑问:他们为什么放弃北京大学的工作到阳朔来开面包店?

男主人告诉我,他们在北京代养了5个残疾孤儿,遇到很多问题,而在阳朔,这些问题都能够解决。他们不想放弃这些孩子,一定要帮助他们找到能够生存的方法,所以就在2008年离开北京,搬到阳朔来了。到了阳朔,又代养了7个孩子。一共有12个残疾孤儿先后和他们一起生活。现在12

个孩子中最大的女孩已经结婚了，另一个女孩子带着病残考上了广西民族大学，与正常人一样享受到高等教育的权利。开办面包工坊，可以让这些孩子学习一些手艺，将来自己养活自己，能够上学的孩子尽量让他们上学。说到这里，男主人显出了一丝骄傲的表情。接着男主人带我去参观他的面包烘焙间，还有孩子们的画室，画室里挂满了孩子们的画。"孩子们会绘画，将来也是一条谋生的路。"他说。

在访问之时，我看到几个十来岁的孩子在烘焙间来来去去地忙着，沉稳自信的表情让你看不出他们有什么残疾。

这是怎样的人间大爱啊！跨越国界，放弃优越的工作和生活条件，不惧困难，默默养育非母国的残疾孩子。我看着夫妇俩，他们都不讲究外表的修饰，一个满脸络腮胡子，一个穿着朴实如农村妇女，而带领有残疾的孩子们做的欧包却香满阳朔，给阳朔的美食也增添了一分璀璨的色彩。

女主人不希望我写他们的事迹，他们几乎拒绝了所有的采访者，故而我不能把那些动人故事写全，虽然遗憾，却也感受到平凡与宁静的魅力。

无从学得王维手

画取千峰万壑归

热爱阳朔，努力践行的人

阳朔民宿与精品酒店协会会长陈朔勇

望江楼客栈创始人黄漓君、谢耘母女

阳朔暇享·依山静民宿创始人杨茗方

荣弟食品总经理韩勇

阳朔云山雅宿酒店总经理伍嫒慧

香草森林精致农业创始人王子祯

阳朔秘密花园经理陶子

阳朔缦云禅意度假酒店创办人唐海桂

云舞月舞酒店总经理周萍莉

后
记

　　我原以为自己对阳朔并不陌生，不仅因为我是桂林人，还因为我曾经在改革开放热火朝天的年代常去那里考察，受了嘱托，期望能做一些与出版相关联的事。2004年，正当阳朔的《印象·刘三姐》即将进入如火如荼的时段，这个项目的创始人、策划人梅帅元希望我和接力出版社能成为他的合作伙伴。我们用了很长的时间交谈、参观，末了他说："你们给我4000万元，我给你们60%的股份……"

　　当时节目还没有广泛为世人所知，他非常需要钱。而我也非常看好这个项目，内心很愿意与梅帅元一起做这件事，可是我拿不准，因为接力出版社的"婆婆"——我的上级领导者未必同意。果不其然，这事并未拿出来讨论就被否掉了，成为一件遗憾的事情。

　　看好《印象·刘三姐》，是因为这个节目独树一帜，独一无二，它集漓江山水风情、广西少数民族文化及中国精英艺术家创作之大成，是全世界第一部全新概念的山水实景演出。它的场地，它的景，它的环境艺术、灯光及独特的烟雾效果，还有它的演员、服装都令人叹为观止。很快这个节目让阳朔的旅游空前活跃，也成为阳朔旅游最赚钱的项目。更重要的一点在于，这个节目改变了当地农民的生活和某些观念，我们现在可以说，这就是文化脱贫，就是文化振兴乡村。在那个年代，让人看到了希望。

有一次，时任中宣部常务副部长徐惟诚来到阳朔，我陪他去看《印象·刘三姐》演出。开演之前我们来到江边观众席，导演王潮歌详细地介绍这个独特节目的排练经过，其中讲到他们大胆地决定节目中的群众演员由当地的农民担任，她是怎么让这些农民演员完成自己的角色塑造的。想想就知道，要将村子里习惯自由散漫生活的农民，训练成为遵时守信的群众演员，这个过程会多么艰难，他们坚持下来了。导演针对农民的生活环境、心理状态和性格因素，十分用心调教，不因为是农民演员而降低节目的水准。王潮歌的讲述绘声绘色，很是让我感动。正因为如此，高水平的《印象·刘三姐》才有了后来的轰动。而受过训练的当地农民，因为参加演出，他们不但有了工资收入，也有了生活的自信。连周围的农家也因为这个节目火起来，做成了各种小生意，挣到了钱。

一个演艺节目可以改变一方土地上人的生活和某些思维，这样的奇迹让人得到许多启发。

阳朔成就了不少人，本地人、外乡人以及外籍背包客。而他们对这片土地无限深情，用自己的智慧和劳力也使阳朔生机勃勃。这是一个充满幸福的小城。

时间过去了许多年，再到阳朔，这里的变化可以说是更为深刻。《印象·刘三姐》在阳朔已经不是公众和旅游者的聚焦点，阳朔有了更大的发展，更多的人投身于这个幸福乡村的建设和完善中，有环保意识的人也越来越多，很让人欣喜。我不得不花更多的时间和精力，数次驻足阳朔，去了解，去求教，去采访，去领悟和体会，才得以完成这本小书。希望此书能给我的读者传递一些关于阳朔的信息。这个幸福小城有许多东西会引发人们的思考。

写作这本小书的过程中，我得到了很多人的帮助。没有他们的帮助，这书是不可能完成的。谢谢桂林摄影家协会主席滕彬、阳朔县新华书店原经理龙海翔和黎培贵先生不吝时间，陪我遍转阳朔，搜集资料；谢谢桂林旅投董事长罗言给了我很多工作的方便；谢谢巴克兰国际教育集团董事长欧文；谢谢阳朔县政协主席曾杰刚；谢谢阳朔民宿协会会长陈朔勇。我还要谢谢缦云酒店董事长唐海桂以及我采访过的各位朋友，他们的坦诚和热情，让我获得了许多珍贵的写作资料；也谢谢远在巴黎的阳朔文化人李寿平先生的不吝赐教。

感谢中国地质科学院岩溶地质研究所黄保健研究员审阅本书的第一章并做了修改。

还要感谢两位学兄，一位是阳朔人，桂林旅游学院原副院长张文祥教授，以他的乡情和对阳朔的研究成果，给了我写作建议；另一位是广西电影制片厂的国家一级导演曾学强，他以八十多岁的高龄来到阳朔，专为我的小书拍摄生活实景照片。

谢谢为此书提供图片的各位阳朔朋友。

撰写此书时参考了如下几部图书：《中国县城旅游典范——阳朔现象》，这是黄伟林教授主持对阳朔旅游目的地课题研究的成果；张源涛先生口述的《阳朔旅游草皮书》；李寿平先生的《家在阳朔山水间》；王布衣的《西街往事》。在此一并表示感谢。

李 元君

　　资深出版人，编审，享受国务院政府特殊津贴专家。创立了影响中国乃至国际童书市场的出版机构——接力出版社并任首任社长，还曾任漓江出版社社长、广西出版总社副社长。曾获中国韬奋出版奖、"新中国60年百名优秀出版人物"等荣誉。从业三十余载，至今仍活跃在图书出版第一线，不断为时代打造精品图书。

图书在版编目（CIP）数据

阳朔之魅 / 李元君著 . -- 桂林：漓江出版社 ,2023.5

ISBN 978-7-5407-9430-9

Ⅰ . ①阳… Ⅱ . ①李… Ⅲ . ①散文集－中国－当代Ⅳ . ① I267

中国国家版本馆 CIP 数据核字 (2023) 第 059052 号

阳朔之魅
YANGSHUO ZHI MEI

作　　　者：李元君
摄　　　影：滕　彬　李元君　曾学强　陈朔勇　伍媛慧
责任编辑：霍　丽　盘小春
封面设计：石绍康
版式设计：REN2-STUDIO 黄仁明　薛　洁
内封题字：卢培钊

出 版 人：刘迪才
出版发行：漓江出版社有限公司
社　　　址：广西桂林市南环路 22 号
邮　　　编：541002
发行电话：0773-2583322　0771-5825315
传　　　真：0773-2582200　0771-5824817
电子信箱：ljcbs@163.com
微信公众号：lijiangpress

印　　　制：广西昭泰子隆彩印有限责任公司
开　　　本：787 毫米 ×1092 毫米　1/32
印　　　张：9.375
字　　　数：150 千字
版　　　次：2023 年 5 月第 1 版
印　　　次：2023 年 5 月第 1 次印刷
书　　　号：ISBN 978-7-5407-9430-9
定　　　价：88.00 元